2665

# Le Sérail,

ou

## Histoire des Intrigues

### Secrettes et amoureuses

## des Femmes

## du Grand Seigneur.

# Le Sérail,

ou

## Histoire des Intrigues

### Secrettes et amoureuses

## des Femmes

## du Grand Seigneur.

Édition ornée de huit gravures.

*Par J. Grasset Saint - Sauveur.*

## Tome I.

---

# A PARIS,

Chez DEROY, Libraire, rue Cimetière André-des-Arts, n°. 15.

1796. An IV de la République.

# Explication

## des quatre Estampes

qui se trouvent dans le 1ᵉʳ. volume.

*Première Estampe*, *page 44.*

Scène domestique dans l'intérieur du sérail : elle est déchirante. On voit une jeune *odalisque*, que deux muets viennent étrangler de l'ordre de la sultane régnante, outrée de se voir préférer une rivale. La victime intéressante conserve beaucoup de dignité dans le malheur, et une parfaite résignation. Elle avance la tête pour se laisser passer le cordon fatal. Deux de ses femmes derrière elle semblent plus affectées de son sort qu'elle même.

*Deuxième Estampe*, page 52.

Pourtant, quelquefois dans les cours les plus despotiques, le vice est puni et l'innocence honorée ; voici un fait qui prouve cette maxime consolante. Sa hautesse, suivi d'un eunuque, et accompagné de sa favorite, daigne visiter le vieux sérail, c'est-à-dire celui des trois sérails du Grand Seigneur, où il relègue les femmes de rebut ; et, que trop souvent, celles contre lesquelles on vient à bout de l'indisposer. Il en retire une jeune esclave qui se trouve précisément dans ce cas : le sultan qui avoit vu sa favorite rire du sort de ces malheureuses victimes, ordonne qu'elle prenne la place de la jeune beauté disgraciée. L'échange se fait, et le dépit se reconnoît facilement dans les gestes de la femme punie par Achmet.

*Troisième Estampe, page 68.*

Chambre nuptiale. La femme voilée et superbement vêtue, figure une fille ou une parente du sultan qu'il marie à un seigneur de sa cour. L'homme à genoux est l'époux qui, bon gré, mal gré, accepte ce parti commandé par les circonstances. Celle qui va devenir sa compagne, croit lui faire une grace en l'admettant dans sa couche, et le lui fait bien sentir, en se faisant servir par lui dans la posture la plus humiliante. Son mari, un genou en terre, lui verse de l'eau dans une coupe d'or. Derrière lui on voit deux esclaves femelles, portant chacune un plat. C'est un pigeon rôti et du sucre candi en morceaux. Une autre esclave derrière la mariée dédaigneuse, semble applaudir à cette scène contre nature.

*Quatrième Estampe, page 128.*

Voici la salle des bains du sérail, et le tableau voluptueux des baigneuses. Elles sont nues. (Des voyageurs modernes assurent qu'elles sont toujours à demi - voilées.) J'ai adopté ce sujet de préférence, parce qu'il tend à prouver que les lois de l'égalité sont quelquefois de mode, même en Turquie. Ici on ne distingue pas la maîtresse de son esclave. L'une et l'autre ont pris des sentimens conformes à l'état de nature où elles se trouvent. Comme il n'y a rien qui ressemble plus à une femme nue, qu'une autre femme nue, comme toutes les distinctions de sultane et de suivante ne sont point écrites sur la peau, le bain pourroit servir d'une forte leçon pour les bons esprits, que la cour n'a pas encore tout-à-fait gâtés.

# A mes Lecteurs.

IL est convenable de prévenir en deux mots le lecteur sur la véracité des faits contenus dans ce petit ouvrage. Je n'ai pas seulement consulté les voyageurs. Voyageur moi-même par goût et par état, dans ces contrées dont j'esquisse ici les mœurs, j'ai du m'instruire à leur source des usages que je décris. Cependant à Constantinople, et dans tout le vaste empire, dont cette superbe ville est la capitale, il est des lieux inaccessibles aux hommes.

Les *sérails*, les *harems* sont hermétiquement fermés, il est vrai, aux étrangers mâles; mais le luxe qui y règne nécessite un courant

de commerce confié à des femmes.
Ces femmes, pour la plupart, Arméniennes et Juives, ne sont pas
des Cerbères inabordables : il est
possible de les prendre par leur foible, j'entends par l'intérêt, ce mo-
bile universel de la machine ronde.
Les galants, plus d'une fois, quand
ils peuvent payer, ont trouvé, dit-
on, accès près de l'objet de leurs desirs, à l'aide de déguisement que
favorise et nécessite le courtage
des différentes superfluités, dont la
cour du sultan s'est fait autant de
besoin.

Un motif moins superficiel m'a-
nimoit. Je voulois observer le cœur
humain dans toutes les circonstances de la vie. Il a donc fallu me
lier avec ces courtières d'amour,

en frappant sur le timbre de leur
avarice avec un marteau d'or. Je
les ai fait *résonner*. J'ai tiré d'elles,
pour parler sans figure, tous les
détails qu'on va lire, et quantité
d'autres parmi lesquels j'ai fait un
choix. En pénétrant moi - même
dans ces réduits de la corruption,
j'aurois vu davantage, mais je n'en
saurois pas plus.

D'après cela, on peut juger du
degré de crédibilité dont ce réper-
toire est susceptible. Je me flatte
qu'il est plus d'un gros livre, sur
la même matière, qui ne renfer-
ment pas tant de choses. De belles
phrases ne valent pas des faits pi-
quans, et sur lesquels on peut
compter. Un jour, peut-être je
prendrai un essort plus élevé. Je

médite une suite de tableaux des
mœurs galantes de tout l'Orient,
depuis le commencement de l'histoire jusqu'aujourd'hui. Cette galerie manque aux annales du
monde.

# Épître Dédicatoire
## Aux femmes Françaises.

C'EST pour vous principalement que j'ai rédigé les mœurs et
les usages du sérail. Vous n'aviez
pas besoin de ce parallèle pour ap-
precier les droits dont vous jouissez
dans votre patrie. De tout temps la
France fut regardée comme le paradis des femmes, et nous semblons
avoir pris à cœur de dédommager chez
nous un sexe si outrageusement com-
promis chez les Turcs. Mais applau-
dissez-vous doublement : on dit que
même au sérail on commence à vou-
loir se franciser; et que grace à cette
galanterie, moins frivole qu'on ne
pense, le grand Sultan rougira bientôt de son despotisme sur des êtres

aimables, fragiles, et qui, sembla-
bles à la porcelaine de l'Orient, ne
demandent à être touchées qu'avec
des mains délicates et adroites.
Puisse ce présage se réaliser !

Ce recueil vous fournira bien des
occasions d'exercer cette sensibilité
exquise qui fait votre plus bel appa-
nage. Plaignez les beautés de l'O-
rient, et n'en devenez que plus re-
connoissantes des bons traitemens
que vous éprouvez, qui vous sont
dus, mais qui demandent une ré-
ciprocité de sentiment.

Je me croirai bien dédommagé de
mes recherches, si la lecture de cet
opuscule contribue à resserrer les
liens les plus doux du cœur, et s'il
vous offre de nouveaux motifs pour
aimer votre patrie.

J. GRASSET SAINT-SAUVEUR.

# Tableau

## historique

### des

# Mœurs Ottomanes.

L'EMPIRE Ottoman est l'un des plus vastes états du monde connu; pourquoi faut-il ajouter, et l'un des plus despotiques. Comment se fait-il que plus les associations d'hommes sont nombreuses, moins elles se trouvent libres. L'inverse, ce semble, devroit avoir lieu. La superstition est le principal nœud qui lie, tant bien que mal, toutes les parties du colosse politique.

A

soumis au croissant. Le coran a tout fait dans le principe, et maintient tout encore. Mais le fanatisme religieux qui, dans les mains de Mahomet, fut l'instrument de la servitude, n'auroit-il pas pu devenir tout aussi bien l'instrument de la liberté? Et si le législateur des Arabes en avoit le choix, il est digne de toute l'exécration attachée à son nom, pour n'avoir pas saisi l'occasion que lui offroit son génie, de rendre aux hommes leur dignité première.

Mais pour me renfermer dans les bornes que prescrit la nature de cet ouvrage, je me contenterai de quelques tableaux isolés, choisis parmi la multiplicité d'objets que j'aurois à traiter. Comment en effet décrire avec méthode un édifice immense qui n'a point de plan, et qui se soutient à peine sur ses bases vicieuses.

On remarquera en premier lieu, que les turcs paroissent avoir perdu de vue l'étymologie du nom qu'ils portent, *Turcae*, lequel signifie, au sentiment des anciens lexicographes, *agriculteurs par excellence*. En général, les terres de la domination des Ottomans sont naturellement fertiles. Mais le sol est mal cultivé là où le droit de propriété reçoit des atteintes journalières.

Les langues peignent les nations qui s'en servent. Le genre féminin sembloit en effet devoir être exclu d'un idiôme, parlé par un peuple

1 *

qui regarde les femmes si au-dessous des hommes.

Et en effet, les femmes, dans ce
pays, sont élevées en conséquence.
On en prend soin comme d'un fra-
gile instrument de plaisir; et, si la
société civile consiste en un échange
continuel d'égards et de bons procédés entre les deux sexes, il
n'existe point de société en Turquie. On s'y marie sans se voir,
on jouit sans s'aimer, les sens sont
épuisés déjà, et l'on ne sait pas
encore si l'on a un cœur.

Les rangs inférieurs sont plus
heureux, en ce que l'observation
de l'étiquette orientale, contrariée
par la nécessité, les laisse davantage à la nature. Guidé par les
yeux, le véritable amour du moins

peut faire un choix, et les frais
qu'entraîne l'entretien d'un harem,
interdisant ce luxe aux individus
d'entre le peuple, les femmes de
cette classe ne partagent pas avec
plusieurs rivales la tendresse de
leurs maris, elles jouissent de toutes
les douceurs d'un ménage paisible;
d'où l'on pourroit conclure que
presque par-tout, en lui supposant
un peu moins de misère, un peu
plus d'éducation, le sort du peuple est encore de beaucoup préfé-
rable aux destins brillans de ceux
qui l'oppriment, qui le dédaignent,
et qui pourtant ne peuvent s'empêcher de lui porter envie.

Il y a en Turquie plusieurs sortes de mariages : ceux que l'on fait
à vie, sauf le droit de répudiation;

**⅟ \*\***

et ceux qui n'ont lieu que pour un temps limité par l'acte civil qu'on en dresse ; d'où l'on voit que les hommes, égoïstes ici plus encore qu'ailleurs, n'ont eu égard qu'à eux seuls, et se sont ménagés une porte ouverte pour quitter la partie aussi-tôt que l'ennui s'empareroit d'eux. La destinée des femmes y est donc absolument passive et précaire : telles sont les mœurs que nécessite le despotisme. De rang en rang, et d'un sexe à l'autre, on se dédommage de la tyrannie qu'on souffre d'un côté, en faisant soi-même le tyran d'un autre côté : c'est un cercle vicieux dont le climat provoque encore des révolutions aussi funestes qu'avilissantes pour l'espèce humaine.

La guerre vient mettre le comble
à ces désordres, et leur sert d'ali-
ment; le foible devient la propriété du fort, l'intérêt spécule
sur la débauche; et la jeunesse Cir-
cassienne ne cesse d'être prisonnière des Tartares, que pour se
voir esclave chez les Turcs. En
effet, comment les droits d'homme
à homme seroient-ils respectés dans
une contrée où le père vend ceux
que la nature lui a donnés pour ses
enfans, dans un pays où l'amour
maternel ne tient pas contre de
l'or?

Les femmes esclaves, et même
les autres, reçoivent une éducation
conforme aux rôles qu'on leur des-
tine. La musique, et sur-tout la
danse, sont les deux talens qu'elles

possèdent par excellence. Les maî-
tres, à l'usage desquels elles sont
consacrées, ont encore plus besoin
de desirer que de jouir. Il faut des
liqueurs fortes à un palais blasé.
Le sel du plaisir devient bientôt
fade pour qui a le sentiment
émoussé. Deux amans délicats sont
heureux long-temps avant, long-
temps après le moment du bonheur. Un musulman dans son harem n'a peut-être jamais connu l'a-
mour et ses ressources. Semblable
au géant Antée, il faut qu'il tou-
che la terre pour reprendre de
nouvelles forces : il faut que les
autres sens concourent à faire re-
trouver celui du plaisir. Les tableaux lascifs qui font fuir la
chaste volupté, peuvent seuls allu-

mer le flambeau du desir dans les yeux de la débauche.

Ce qui achève de dégrader le sexe en Turquie, c'est l'existence habituelle qu'il mène dans les harems. Les femmes réduites à leur société seule, se corrompent vîte. C'est une loi de la nature; les deux sexes ne valent que par leur mêlange. Ils ne sont distincts l'un de l'autre que pour se rapprocher : malheur à eux s'ils s'obstinent à demeurer étrangers l'un à l'autre; l'ambition, la rivalité, la jalousie, l'ennui, l'inaction physique, et toutes leurs suites, sont autant de germes impurs, qui portent la corruption dans l'enceinte étroite où vegète un groupe de jeunes beautés; nées sous un climat ardent,

et qui sont autant de victimes réduites à se consumer lentement au
feu des passions qui leur ont été
données pour les vivifier.

Le despotisme a lieu de s'applaudir : il a su plier à son joug
le plus tyrannique tous les sentimens du cœur. L'amour qui se
vante de n'avoir point de maître,
n'est qu'un vil esclave en Turquie,
sur l'un des points de la terre où
il devroit avoir le plus d'ascendant
et les plus douces influences.

La liberté ne voit pas non plus
sans soupirer, la position de Constantinople. C'est-là, de préférence,
qu'elle eût desirée pouvoir dé-
ployer son étendard, qui serviroit
comme de ralliement à l'Asie et à
l'Europe. L'aspect de la capitale

de l'empire du Croissant, donne une idée du caractère de ceux qui l'habitent. L'abord de cette ville a quelque chose d'imposant et de noble. Mais quand on vient à parcourir l'intérieur, le rétrécissement des rues qui obstruent la lumière du ciel, indique déjà la demeure de la servitude. La famine, la peste et les incendies ravagent assez souvent Constantinople, mais sans beaucoup décourager les habitans ; les coups d'autorité arbitraire leur ont appris qu'il est des fleaux plus à redouter et plus difficiles encore à réparer que le feu, les épidémies et la disette.

Une nation esclave et trop foible pour secouer sa chaîne, doit chercher à s'étourdir sur ses peines, et à se dédommager des maux réels , par des plaisirs imaginaires. L'opium procure aux Turcs cette ressource dernière. La douce ivresse qu'il leur cause pour le moment , les aveugle sur les suites déplorables de ce poison lent, qui leur rendroit un plus grand service, s'il pouvoit abréger leurs jours. Les moines musulmans ont fait à ce sujet une sage réforme , en donnant au vin la préférence sur l'opium.

S'il est vrai qu'on ne puisse se préserver d'un excès que par un autre excès, le voyageur désireroit que les Santons et les Derviches fussent toujours ivres. Du moins alors ils n'auroient pas la force d'exiger des passans, sur une route

écartée, des contributions arbi-
traires, sous le titre d'aumône, et
au nom du prophête. Ces insectes
de la superstition, qui pullulent
dans la poussière de l'ignorance,
disparoîtroient, sans doute, aux
premiers rayons de l'instruction
publique, dirigée par le gouvernement. Mais l'aurore de la raison
présageroit le déclin et l'extinction
du pouvoir absolu; et ce n'est pas
pendant la léthargie de la servitude,
qu'on peut espérer une telle révolution.

Il ne faut pas croire pourtant,
que la loi serve de texte à la tyrannie. Elle la condamne formelle-
ment; et les fauteurs du despotisme, dans certaines occasions
d'éclat, affectent de lui rendre

hommage. C'est un sacrifice qu'ils font à l'opinion publique. Mais le peuple paye cher ce sacrifice. D'ailleurs, le coran, par exemple, est tout-à-la fois le code religieux, politique, et civil des Turcs. Quelle vaste carrière il donne aux commentaires des Muphtis et des Docteurs qui l'expliquent sous les yeux du prince. Peut-on s'étonner trop que des nations entières regardent comme descendues du ciel, de pareilles rapsodies, telles que celles du coran ? Que contient en effet, le 114e chapitre que Mahomet fit écrire pour les Arabes ? Ce livre qui sert de code universel à une multitude d'hommes, n'a ni plan, ni liaison, ni but déterminé. Malgré l'élégance de la traduction moderne de Savary, le coran est très-fatiguant à lire. On n'y trouve pas l'intérêt et la variété de la bible qu'il copie en tant d'endroits; on y rencontre de temps à autre quelques grands traits; l'original arabe peut avoir le mérite du style et de l'expression; le coran peut bien être un livre classique pour les Orientaux; mais un être raisonnable, qui s'attache plus aux choses qu'aux mots, peut-il avouer sans rougir, un ramas de préceptes incohérens, lieux communs de morale. L'histoire de l'auteur reconcilie un peu avec lui et son livre. Il ne se montra pas un seul instant au-dessous du rôle qu'il entreprit de jouer. Le cours de sa vie est pleine d'actions vigoureuses, de

2 *

resolutions, de génie, et la fin y
répondit parfaitement. Il vécut et
mourut en héros.

L'un des plus beaux chapitres
du coran est le 31ᵉ. Il semble que
l'auteur ait voulu justifier son
titre, et lutter avec le sage Lockman, dont il porte le nom ; mais
qu'il lui est inférieur ! Cependant
Lockman, avec ses belles paroles,
ne fit pas même secte, et Mahomet
fonda un culte et un empire. Quel
dommage qu'il n'ait pas réparé sur
la fin de sa mission guerrière, les
fourberies et les actes de violence
qui en soutinrent l'éclat ! une fois
maître des esprits, quel dommage
qu'il n'ait pas fait taire en lui
l'ambition, pour écouter l'humanité et l'amour de l'ordre ! Quel

dommage qu'il n'ait usé de son ascendant vainqueur , que pour substituer le fanatisme et l'esclvage à l'idolâtrie ! il eût pu ramener l'Asie et l'Afrique à la simplicité des mœurs pastorales. Il se disoit le représentant d'Abraham dans le temple de la Mecque : que ne faisoit-il revivre le siècle patriarcal ! Mais l'esprit de Mahomet n'étoit qu'entreprenant et guerrier : plus pacifique , il n'eût rien fait. Tout son talent étoit dans la force. Que conclure de cette digression ? Le bonheur des hommes ne dépend pas du génie d'un seul d'entre eux. L'instruction publique doit être le moyen lent, mais sûr ; de faire révolution, c'est-à-dire , de les ramener à la loi primitive. Périssent

2 **

donc tous ces grands hommes, fléau
des autres hommes qui les admi-
rent. Béni soit le sage paisible et
pacifique, qui ne profite de la con-
noissance qu'il a du cœur humain
et des loix de la nature, que pour
éclairer ses frères par ses écrits, et
les guider par ses exemples. Un tel
sage ne marche point à pas de géant,
dans le chemin du crime et de la
renommée ; il ne brille pas comme
un météore sanglant : c'est un génie
bienfaisant, qui attend tout du
temps et de l'éducation. Nous nous
sommes un peu appésantis sur le
coran, parce que c'est, à bien dire,
le seul livre des Turcs. Toutes
leurs études se bornent là. Quand
ils ont lu ce livre, et qu'ils peuvent en réciter à propos quelques

versets, ils se croyent assez savans, et méprisent toute autre science. La bibliothèque, fondée n'aguères à Constantinople, reste par conséquent déserte, et l'imprimerie oisive. En effet, ces deux établissemens seront parfaitement inutiles chez cette nation, tant qu'elle s'obstinera à ne lire que dans un seul livre. Une copie de ce livre suffit à toute une famille. D'ailleurs, l'imprimerie qui subsiste encore, est dans le palais du souverain, entretenue à ses frais ; et cette circonstance rassure le gouvernement sur les suites bonnes ou mauvaises de la liberté de la presse.

Les écoles publiques, qui servent d'accessoires aux mosquées que chaque sultan se fait un devoir

de bâtir , pourroient répandre
l'instruction , si on y apprenoit
autre chose que les prières d'usage.

Les bons musulmans devenus riches sans l'aveu de leur conscience,
pour se laver des souillures que
fait contracter le maniement de
beaucoup d'or , construisent sur
les grands chemins des fontaines publiques consacrées par une légende
tirée du coran. Le voyageur sen-
sible s'y désaltère à regret ; l'eau
qu'il boit a peut-être coûté du
sang.

Les Turcs passent pour être
hospitaliers envers les animaux.
Mais on n'a pu leur en faire honneur que d'après des exemples particuliers , qui ne prouvent rien. Il
se trouve ailleurs aussi de vieux

fols des deux sexes, qui prodiguent
à des chiens et à des chats , les
soins les plus assidus, les vivres
les plus abondans , refusés à l'indigent infirme, doublement mal-
heureux à la vue de cette odieuse
prédilection. Dans les hautes classes
de la société , le singe qui amuse ,
la perruche babillarde , l'épagneul
capricieux , l'angola au long poil ,
sont choyés par une maîtresse de
maison; et s'emparent tellement de
toute sa sensibilité , qu'il ne lui
en reste plus pour l'humanité souf-
frante. Les Turcs sont à peu près
de même. Le Ramazan ou leur ca-
rême, les excite cependant à être
charitables ; mais ce temps de jeûne
et d'expiation, quand il est expiré ,
semble leur donner le droit de ne

se rien refuser, et d'ôser tout sur le plus foible : c'est ainsi qu'un excès d'abstinence et de dévotion motive chez eux et justifie un excès d'ivresse et d'intempérance en tout genre.

Les femmes en Turquie sont vêtues presque comme les hommes, à la réserve de la tête sur laquelle elles portent diverses coëffures, suivant la diversité des pays soumis au croissant. Mais les hommes ont par-tout le Turban, ou bien le *Callac*, bonnet fourré de peau, rebordé tout-au-tour, et fendu par devant.

Le juste-au-corps des femmes est le même que celui des hommes, ainsi que la veste de dessous, fendue de haut en bas, comme une

soutanne ; ainsi qu'une chemise
par-dessus le caleçon qui descend
jusque sur les talons. Les deux
sexes portent aussi la même espèce de chaussure ; en sorte qu'il
n'y a que la tête qui les distingue,
sans parler des colliers et des bra-
celets.

Il n'y a presque point de diffé-
rence non plus , entre l'habit des
riches et celui des gens du commun. Les premiers ne se distinguent
que par leurs bagues et autres bijoux.

Le même habit peut aller à toutes tailles : aussi ne prend-on pas
ordinairement la mesure. Si le
haut-de-chausse est trop long et
qu'il aille jusqu'à terre , on le relève par en bas , en redoublant l'ex-

trémité d'autant qu'il est nécessaire. S'il est trop large, on le resserre avec une aiguillette qui passe dans la ceinture de ce haut-de-chausse, et on le fait ainsi refroncer tout-au-tour et autant que l'on veut, comme on feroit une bourse. Il en va de même du juste-au-corps. Il n'y a que la robe ou soutane qui doit être plus ou moins courte, selon la grandeur ou la petitesse du corps. Si bien que le métier de tailleur, en Turquie, pourroit s'apprendre dans l'espace de deux mois.

Les Turcs ne portent sous leur grande soutane que de la toile, c'est-à-dire, une camisolle, un caleçon, et la chemise, qui souvent sert de veste et de chemise tout ensemble, tant aux hommes qu'aux femmes, puisqu'ils la passent par-dessus les caleçons. Les femmes élégantes et qui donnent le ton, brodent sur cette chemise, quantité de jolis desseins ou des fleurs d'or et de soie.

Les femmes vont nuds pieds dans les maisons; ce qui ne leur est pas bien difficile, d'autant qu'elles ne marchent que sur des tapis ou des nattes, les pauvres comme les plus opulentes. Ce n'est que quand elles vont dehors, en visites ou pour affaires, qu'elles se revêtent de bas ou chausses, pour l'ordinaire de velours ou de drap rouge; et mettent à leurs pieds des sandales jaunes montées sur deux traverses de bois, élevées de cinq à six pouces. Les pantouffes des hommes sont de maroquin.

Le costume en Turquie n'est point sujet aux caprices des modes; si l'on s'y permet quelques variations, elles sont si peu considérables, qu'à peine s'en apperçoit-on. Point de plumes, point de rubans. Aucun de ces petits accessoires, de ces agrémens légers qu'imagine le goût, et que le luxe paye si cher.

Ils ne font point usage de gants; ils se servent néanmoins quelquefois dans les caravannes, durant les froids, de mitaines de peau d'agneau fort grossièrement travaillées, ou bien de laine tissue à l'aiguille.

Les femmes Juives et Chrétiennes ont un grand voile qui pourroit leur descendre un peu plus bas que les genoux ; mais pour l'ordinaire elles le laissent flotter assez artistement pour être à demi voilées : les femmes Turques du commun font usage du même habillement.

Les Turcs ne permettent pas aux Chrétiens et aux Juifs de porter le turban blanc ; et ceux-ci n'oseroient le faire sans exposer leur foi ou leur vie. On leur permet encore moins de porter la couleur verte, livrée caractéristique qui distingue les musulmans des autres nations.

Le *Chal* est une étoffe de laine fine, fabriquée en Perse et aux Indes. Les Turcs, hommes et femmes, s'en servent pour s'envelopper la tête lorsqu'ils sortent, soit pour se préserver du froid, ou pour

3 *

n'être point reconnus; ils ont aussi des manteaux qui les garantissent; leurs habits de dessous sont toujours croisés et fixés par une ceinture qui retient tout ce qu'ils placent sous ces revers, entre la doublure desquels il y a des poches ménagées pour les montres, l'argent et autres effets qu'ils soignent plus particulièrement.

Dans l'intérieur des maisons, on ne connoît point les cheminées ni les poëles; on a l'habitude de se servir du *Tanndour* qui est une table élevée, recouverte d'un large tapis dont les bords tombent à terre; au-dessous on place une bassine remplie de braise, on se range à l'entour, on met les pieds dessous la table, et on relève sur ses genoux les bords du tapis. De cette manière on reçoit une chaleur graduée, et sans grande dépense on se garantit des rigueurs de l'hiver.

Les Derviches sont des religieux qui, à l'imitation des Chrétiens de la primitive Église, firent d'abord profession d'une vie austère, et s'appliquèrent uniquement aux choses divines. L'extravagance et le fanatisme ont corrompu dans la suite les premières maximes de leur institut : on ne sauroit plus dire en quoi consiste aujourd'hui la règle des Derviches. Ils portent un grand bonnet de feutre pointu, et sont habillés tout en blanc. Les uns sont mariés, ils tiennent des boutiques et exercent des métiers ; d'autres enfin vivent dans le céli-

3 **

bat. Les mardis et les vendredis ils se rendent à la mosquée : après avoir entendu le sermon que fait l'un deux sur quelques versets de l'alcoran, ils se mettent à tourner en rond, et avec une telle vîtesse qu'il y en a dont à peine on peut voir le visage : pendant ce temps-là quelqu'un d'eux joue d'une flûte faite de roseau qui ne contribue pas peu à animer leur tournoyante dévotion. Cet exercice se fait en mémoire de *Mévélèva* qui tourna, disent-ils, de la sorte pendant quinze jours entiers sans prendre aucune nourriture : il tomba ensuite en extase, et eut du ciel des révélations merveilleuses.

L'étendard de Mahomet, bannière sainte qui sert d'oriflame aux

Turcs, est un drapeau d'étoffe de soie verte.

Les jeunes gens portent la moustache, et ne laissent croître leur barbe que pour prendre un état.

Il y a beaucoup de Juifs épars dans toute l'étendue de l'empire Ottoman. Ils y sont ce qu'ils sont par-tout ailleurs, patiens et à l'épreuve de tout; l'amour du gain est leur seule passion. Leurs compagnes font le métier de courtières ; elles portent aux jeunes femmes enfermées dans les harems des marchandises en pierreries, étoffes, cosmétiques, etc. ( mais elles sont bien et dûment visitées par les eunuques qui ne leur font aucune grace; et il faut qu'elles soient bien connues pour être admises en la

présence des princesses du sang
Ottoman. En un mot, ces femmes
Juives ressemblent assez à nos re-
vendeuses à la toilette ; elles en
connoissent toutes les allures, etc.

# Le Sérail

## ou

## Histoire des Intrigues

### secrettes et amoureuses

### des Femmes du Grand Seigneur.

Mahomet a fixé le nombre des épouses légitimes qu'on pourroit avoir, mais non celui des femmes esclaves qu'on voudroit entretenir; et les Turcs usent amplement du silence de la loi à cet égard. Leur maître donne l'exemple. Il ne passe pas d'un palais dans un autre sans y trouver des beautés prêtes à le sa-

tisfaire , ou sans se faire suivre par
elles. Régner est la dernière de ses
fonctions ; il ne semble être empereur que pour jouir d'avantage ,
mais malheureusement pour lui la
nature qui ne connoît pas plus
d'empereur que d'esclave , ne lui
prodigue pas les facultés dont il
auroit besoin pour répondre à ses
vastes desirs , et à ses pouvoirs sans
limites : le grand Turc n'est toujours qu'un homme , et souvent fort
ordinaire en amour comme en toute
autre chose.

Il est vrai qu'il a sans cesse à ses
ordres une foule de *Gnards* chargés de lui ramasser le gibier de
toutes les parties de l'empire, et de
lui amener les plus jolies personnes
d'Europe , d'Asie , et d'Afrique.

Ces malheureuses captives atten-
dent dans l'obscurité un coup d'œil
de leur maître, et la manière dont
il exprime son choix est déjà un outrage : Il jette tout simplement ( dit-
on) son mouchoir à celle qui excite
son caprice, et elle le ramasse comme
en France un épagneul rapporte à
sa maîtresse le jouet quelle a fait
rouler jusqu'à lui. L'esclave obéis-
sante passe au bain, et delà à sa
toilette pour se rendre plus digne
de l'honneur suprême dont elle est
l'objet. Elle n'oublie pas ce mouchoir fortuné qui lui fait des jalou-
ses, elle le couvre de baisers, et le
place sur son sein. Ses compagnes
ou plutôt ses rivales sont obligées
de l'accompagner au bruit des ins-
truments jusqu'à la porte du grand

seigneur, où le chef des eunuques noirs l'introduit aux pieds de sa hautesse. De tels préliminaires sont peu propres sans doute à faire naître l'amour dans un cœur, pour peu qu'il se respecte. Une fois entrée l'odalisque court, et se précipite aux genoux de son maître, et ne lui laisse pas le temps de désirer. Le desir pourtant est au jugement des connoisseurs au moins la moitié de la jouissance ; c'est une loi de la nature : point de plaisirs sans quelque momens d'attente. Peut-on voir un renversement d'idées plus complet qu'au serail ? .... On ne voit point la pintade aller au-devant du mâle. Le coq poursuit quelques instants la poule avant de pouvoir en jouir : à Constantinople

c'est

c'est l'inverse ; aussi le sérail d'un coq de Bruyère est le palais de l'amour, au lieu que les harems du grand Turc n'en sont que les prisons.

C'est abusivement que l'on appelleroit *Maitresses* les femmes destinées au Grand Seigneur ; celles qu'il distingue sont à peine ses favorites, et elles cessent de l'être selon ses caprices ; car s'il ne redemande pas celle qu'il a daigné admettre dans sa couche, elle rentre et demeure dans la foule des beautés vulgaires réservées aux passe-temps de sa hautesse.

La femme même qui a partagé son lit plusieurs fois, et qui est parvenue à le fixer quelques semaines, perd bientôt son rang,

s'il n'a point d'héritier du trône ;
et pour peu qu'elle demeure sté-
rile, on lui en subsitue une autre,
et sa destinée est de passer dans
les bras de quelques visirs, infini-
ment flattés de posséder les restes
de son auguste maître.

L'Asequis ou favorite enceinte
monte au faîte des honneurs. Elle
a son palais, ses jardins, sa mosquée à part, et des eunuques à
elle seule. Elle jouit du privilège
rare d'entrer chez son auguste
époux à toute heure de jour et de
nuit : elle porte même la couronne
et jouit du titre de Sultane. Un
traitement lui est assigné, et le
nom de cette espèce d'appointement ou d'honoraire répond aux
mœurs du pays : on le désigne sous

l'expression turque *Paschmaklik*, ce qui veut dire tant de *bourses* pour les *sandales* de la sultane.

L'usage est de consacrer les impositions, les revenus d'une rue, d'une ville, et quelquefois même d'une province, pour les frais de chaussure de la favorite du prince.

Plusieurs milliers de bras travaillent pour fournir de quoi payer la chaussure d'une femme!!.. O! espèce humaine! que tu es par fois vile!

Quand sa hautesse est encore dans la vigueur de l'âge, il arrive souvent que plusieurs de ses femmes sont concurremment enceintes. Dans ce cas, celle qui enfante la première obtient, non pas le titre pompeux et brillant d'im-

4 *

pératrice, comme l'ont prétendu
divers voyageurs, mais bien toutes
les prérogatives : car pour le titre,
il est réservé à sa seule hautesse.
Le véritable nom de cette femme
heureuse est celui de *première Favorite*. Il ne faut pas cependant que
ce degré éminent de gloire l'en-
dorme, ou la porte à se négliger;
car elle peut se voir supplantée
d'un jour à l'autre par une autre
beauté aussi féconde qu'elle, et
qui possédera plus de ressources
dans l'esprit, pour captiver un
maître volage fantasque, et presque
toujours ennuyé.

On sait que Roxelane, qui n'é-
toit qu'une de ces beautés ordinaires, parvint à devenir l'épouse
unique et légitime de Soliman

contre l'usage et la loi; mais cet exemple unique ne tira pas à conséquence.

Le Grand Seigneur ne se marie plus depuis que l'imbécile Bajazet vit sa femme caressée devant lui par l'heureux Tamerlan.

On appelle *Odalisques* les autres favorites qui sont sur les rangs, et qui aspirent à captiver exclusivement le successeur de Mahomet. La vanité et l'ambition leur suggèrent tous les moyens imaginables de plaire. Il s'établit dans le sérail une concurrence qui tourne au profit des plaisirs du prince que trop souvent blasé; et en effet il a besoin qu'on assaisonne quelquefois le banquet de l'amour où il se place sans appétit, où il reste en

4 **

bâillant, et qu'il quitte avec dé-
goût.

Les jardins du sérail sont le
théâtre où les *odalisques* déployent
leurs charmes, et prennent les atti-
tudes les plus voluptueuses pour
charmer le prince quand il vient
s'y promener. Il les voit imaginer
autour de lui mille postures des
plus libres pour piquer ses sens et
aiguillonner ses desirs.

Il naît de là quantité de rivalités,
de jalousies, et d'intrigues. As-
pirant toutes au rang de favorites,
chacune d'elles porte une haine
cordiale à sa compagne, et la ma-
nifeste dans les plus petites occasions. Celle qui l'emporte réunit
sur sa personne tous les ressenti-
mens des autres ; mais l'aversion

dont elle devient l'objet est bientôt étouffée par la crainte qu'on a
de son pouvoir.

Accouche-t-elle d'une fille ? cet
évènement ranime l'espoir des femmes qui trouvent moyen d'humi-
lier la princesse.

Le changement de favorite cause
une révolution dans l'intérieur du
sérail. Il faut alors changer de
batterie. Le cœur de sa hautesse est
comme une ville assiégée de toute
part : on met tout en œuvre pour
le détourner de son nouveau choix,
on en vient même à des voies de
fait.

Sous Mahomet IV on vit un for-
fait se commettre dans l'intérieur
du sérail. La Sultane validé saisit
le moment d'une chasse pour faire

étrangler pendant l'absence du
maître, la jeune odalisque qu'il
venoit d'honorer de sa préférence.
L'infortunée Géorgienne subit son
sort avec une résignation qui étoit
bien digne d'un autre traitement.
Le fatal cordon des muets la trouva
docile, elle tendit elle - même la
tête à ses bourreaux, et sa rivale
pendant l'exécution , prosternée
dans la mosquée adressoit cette
prière à Dieu : « Dieu du saint
» Prophète ! reçois l'ame d'une
» musulmane, et pardonne la ja-
» lousie de l'esclave qui se venge.
» Je n'ai pas d'autres ressources
» pour assurer la vie de mon fils,
» et le repos de l'empire Otto-
» man. »

On voit qu'en Turquie , comme

Tom. I.

Pag. 44.

ailleurs, la dévotion se prête à tout, et justifie tout.

Ces intrigues n'exciteroient que la curiosité et le mépris, si les suites plus ou moins fâcheuses ne franchissoient pas les murs du sérail; on s'amuseroit alors de toutes ces tracasseries de femmes : mais ces femmes ne pouvant goûter le charme du véritable amour, se livrent à tout le *ferment* de l'ambition : c'est un levain qui hausse leur cœur, et porte leur esprit à se mêler des grands intérêts de l'état. Une esclave jolie qui tient dans ses bras le plus fier des despotes, est toujours plus forte que lui, et en obtient tout ce qu'elle veut ; sur-tout quand son amant, occupé de ses plaisirs, est disposé à donner la moitié de son Empire pour une caresse telle qu'il la désire ; ensorte que les Cadis , les Bachas, le Muphti lui-même sont des créatures d'une favorite, et lui doivent leur élévation.

Ces femmes ambitieuses éprouvent ordinairement aussi une autre passion , ou plutôt manifestent un autre vice. L'avarice vient s'emparer d'elles : alors les plus belles dignités, les places les plus importantes sont au plus offrant. Des femmes Juives sont les entremetteuses et font passer les précieux bijoux, les sommes d'argent que les favorites du Grand Seigneur exigent pour leur recommandation ; cet argent leur sert de dot pour se procurer un mariage avantageux, quand leur maître, las d'elles, les relèguera dans le vieux sérail.

C'est surtout quand la sultane est mère d'un prince, qu'elle devient toute puissante. En reconnoissance de sa fécondité, elle jouit d'une assez grande liberté, et ne manque jamais d'en profiter pour s'aboucher avec le muphti et le grand visir. Quelquefois même, appuyée sur son fils, elle va jusqu'à leur intimer des ordres, auxquels ceux-ci défèrent avec respect. D'ailleurs, elle dispose d'un plus grand douaire que toutes les autres favorites : son traitement se monte pour l'ordinaire à mille bourses, et c'est une province de l'empire Ottoman qui est chargée de fournir cet appointement. On ne lui demande aucun compte de l'usage de ces deniers.

On a vu une des *Validés* lever des troupes en son nom. D'autres établissent une sorte de banque, et prêtent à de gros intérêts à l'état qui les salarie. Il seroit difficile enfin d'imaginer un genre de corruption, un vice qui ne se trouvât dans le sérail du Grand Seigneur. Le désordre y est habituel ; et, sans l'immensité des ressources, il y auroit long-temps qu'on ne parleroit plus de l'empire Turc ; c'est cependant du sérail que découlent toutes ces monstruosités politiques. L'appartement de la favorite est la boëte de Pandore, au fond de laquelle on ne trouve, au lieu d'espérance, que la rage et le désespoir ; des

femmes dégradées et avilies en sont
les causes premières. Il n'est point
de pays où le deuxième des sexes
influe davantage sur le premier,
que la Turquie.

Ce que les Poëtes nous disent de
l'enfer peut s'appliquer à l'intérieur
du sérail. C'est le séjour des ennuis, et des regrets; là habitent des
beautés jeunes encore, et languis-
santes des suites d'un tempéram-
ment à qui tout a été refusé. Car le
Sultan ne pouvant, comme un autre
Hercule, faire passer en une seule
nuit cinquante vierges à l'état de
femmes, et de mères; ces vierges
mises de côté, pour faire place à
une seule favorite, sont condam-
nées à se voir flétrir comme des
roses qui se fanent sur leur tige,

sans même avoir reçu les caresses
du folâtre zéphir. Peut-on concevoir un état de choses pire pour
une fille née sous un climat brû-
lant : il faut convenir qu'il n'est
encore que la France pour les femmes ; car le Grand Sultan ne ressemble pas mal au chien de la fa-
ble du bon Lafontaine, lequel ne
pouvant manger, ne veut pas que
les autres mangent. Sa Hautesse ne
rend point à l'espèce humaine les
femmes dont il ne fait rien : il suffit qu'elles lui ayent été destinées
pour être séparées du monde entier.
Aucun mortel n'a le droit de chasser sur ses plaisirs.

Le nouveau prince même ne peut
choisir pour lui parmi les esclaves
qui ont appartenu à son prédéces-

seur ; telle est l'étiquette de la sublime Porte : il est rare d'y voir admettre des exceptions. Quand le Monarque régnant porte par désœuvrement ses pas dans le vieux sérail, il ne s'ensuit pas pour cela quelque changement dans la destinée des recluses. Il faut des singularités piquantes pour faire changer cet ordre de choses., comme il arriva sous le règne d'Achmet I.— Il avoit fait choix d'une favorite en montant sur le trône. — Il fut un jour avec elle visiter le vieux sérail. Celle-ci s'apprêtoit à jouir de l'humiliation et du dépit des odalisques de rebut, L'Empereur les passé en revue. Une d'elles marque plus de fierté que les autres, elle étoit encore jeune, encore

5 *

belle, et l'ancien Sultan ne l'avoit honorée d'aucune faveur particulière. — Elle dit au prince...... « N'avez-vous pas assez de jouissances, sans vous en faire une » de mes larmes. » —— Ce mot plut.... Achmet la prit à part, et en sortant lui ordonna de le suivre.... Elle obéit. Arrivé aux portes de ce vieux sérail, le Sultan qui s'étoit apperçu du mauvais caractère de sa favorite, lui adressa ces mots : « Vous, demeurez.... » attendez ici le retour de celle » que j'ai distinguée. » — Il fallut se soumettre. — Mais malheureusement ces actes de justice sont rares.

Les beautés intrigantes et ambitieuses, auxquelles les premiers

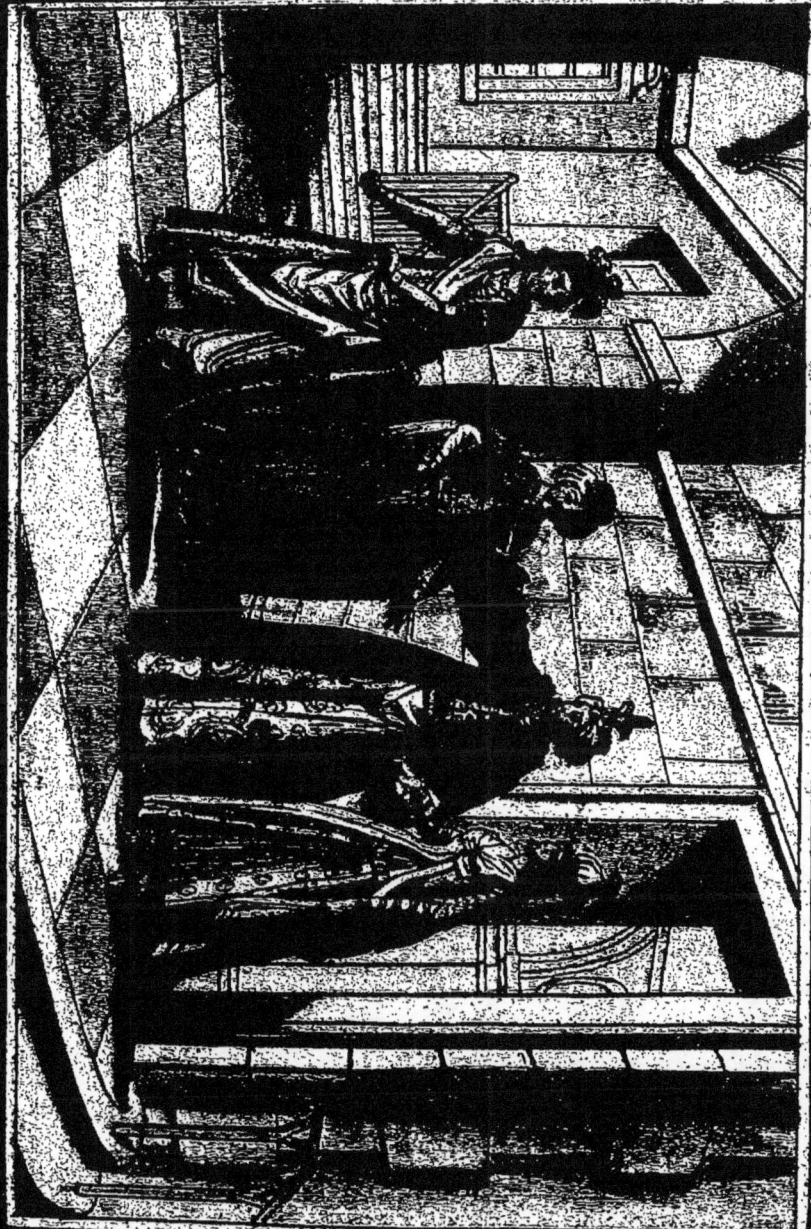

de l'État font une cour servile, sont elles - mêmes à la merci du chef des eunuques noirs, pour peu que celui-ci ait l'oreille de son maître : elles sont encore sujettes aux caprices du valet de chambre, chargé de tirer les bottes du Grand Seigneur quand il entre dans le sérail : il influe beancoup sur le choix et la destinée des femmes; aussi elles le craignent et le flattent. — Mais elles dépendent plus particulièrement du *Kislar-Aga.* — C'est lui qui est l'intendant, le gardien, et le surveillant spécial des plaisirs de sa sublime Hautesse.

Il ne faut pas se figurer les sérails du Grand Seigeeur, d'après les maisons de plaisance des grands

5 **

du reste de l'Europe : ils approchent beaucoup plus de ces anciens couvens, fermés de hautes murailles, et garnis de fortes tours. La jalousie orientale l'a voulu ainsi. — Les sérails sont de vastes prisons, mais toute la mollesse asiatique se trouve dans l'intérieur.

Le Grand Seigneur possède quatre palais dans ce genre. Deux à Constantinople, savoir le nouveau qu'il fréquente, et le vieux où sont renfermées les sultanes douairières. Il en a deux autres, l'un à *Burse*, et l'autre dans *Andrinople*, ville bâtie par l'empereur *Adrien*.

Le nouveau sérail de Constantinople est bâtie entre le port et la mosquée de sainte Sophie, précisément où fut construite l'ancienne

Bizance. Une particularité , commune cependant à beaucoup d'édifices Turcs , c'est que le sérail n'a point de cheminées; la fumée sort par des créneaux pratiqués le long des murs , et des tourelles dont les toits sont revêtus de plomb doré comme à Notre-Dame des Invalides.

Les cabinets de fantaisie que nos élégans en France appeloient *kiosques*, doivent ce nom a de charmans réduits, aziles voluptueux , jolies boudoirs incrustés de porcelaines qui se trouvent dans l'intérieur du sérail , et que le Grand Seigneur habite avec délices. —— On les aqpelle en langue Turc *sultan-Kiosk*.

Chaque entrée a sa dénomination. — On dit le *seuil de l'obéis-sance et du martyre*, la porte devant laquelle les muets étranglent le courtisan que lui désigne, d'un geste, l'empereur Turc. — On appelle la *Porte des grâces et de la fidélité*, celle qui mène à l'appartement de la sultane favorite. — Une autre se nomme la *Porte du bonheur*, etc. etc.

Il y a aussi la *Chambre haute*, consacrée au logement des femmes admises aux passe-temps de sa hautesse *Chuk-chuk-Oda*.

Il y a aussi la grande chambre *Buyuk-Oda*, qui est une grande pièce ou sont déposées, à leur arrivée, toutes les filles mises en réquisition pour les plaisirs du Sultan.

Ces deux sallons, plus longs que larges, sont garnis dans leur pourtour d'une estrade ou chacune des femmes destinées au prince ont leur place particulière séparées par un rideau. Le nom de la fille est marquée au-dessus. C'est ainsi que dans les superbes écuries de Chantilli chacun des chevaux, que dévoit monter le prince de Condé, avoit son nom tracé sur son ratelier. Cette estrade ressemble à un long et large sopha ou sont rangées les infortunées esclaves du caprice d'un seul homme.

Le quartier des femmes, dans le sérail, est presqu'innaccessible. La mort est le salaire du mortel assez hardi pour tenter d'y pénétrer. Cependant, à l'aide de plusieurs déguisemens, l'intrigue a sçu rendre vaines les précautions multipliées de la cour Ottomane.

Les monastères de chapitre noble, en Allemagne, ne sont pas interdits avec plus de rigueur à l'œil profane d'un homme. Le sultan et son médecin entrent seuls dans ce sérail, gardé par des eunuques blancs et noirs, qu'on étrangle à la plus légère négligence.

Les sultanes ont leurs appartemens, qui sont autant de petits palais renfermés dans un grand. Elles ont aussi leurs jardins à part, ornés d'une fontaine et d'un bassin, dans lequel elles font jeter les eunuques noirs tous vêtus. C'est une petite vengeance de femme dont elles se donnent le plaisir quand elles sont serrées de trop près, et surveillées avec trop de rigueur par ces argus sans sexe, qui ont des yeux aux dépens du reste.

Le sérail est donc, à bien dire, une forteresse où les femmes du Grand Seigneur sont gardées à vue par une foule d'eunuques noirs.

D'autres eunuques basanés et blancs, sont chargés d'inspecter les pages de sa Hautesse : ce sont les plus beaux garçons qu'on peut ramasser dans tout l'Empire, pour faire le service auprès de la personne du Grand Turc. Ce sont, dit-on, des supplémens infâmes à ses plaisirs, car la satiété des femmes a donné lieu à ces jouissances monstrueuses et contre nature, trop communes dans tout l'Orient.

On assure que la reine Sémira-
mis fut le *premier prince* d'Asie
qui eut des haras et des harems :
elle rendoit eunuques les hommes
qu'elle avoit choisis d'abord pour
être les instrumens de ses plaisirs :
jalouse comme un sultan, elle ne
vouloit pas qu'ils pussent servir à
d'autres femmes.

Si les choses continuent d'aller le
train quelles vont, il y aura bientôt en Asie, et dans la Turquie
d'Europe, plus d'eunuques que
d'hommes ; car du moment qu'un
simple particulier est assez riche
pour entretenir, à son service, les
six femmes que lui alloue le coran,
il prend aussi-tôt pour leur garde un
eunuque, et quelquefois deux.
C'est ainsi qu'on en use dans tou-

tes ces vastes régions de l'Orient,
ou la pluralité des femmes existe.
Le riche en achète tant qu'il veut,
tandis que le pauvre s'en passe; et
le peu d'enfans qu'a l'indigent sont
trop heureux de cesser d'être hommes, pour vivre et soulager leur famille.

On nomme *Capi-Aga* le chef des
eunuques. Il ne quitte pas plus la
personne du Sultan que son ombre;
il l'accompagne même jusqu'à la
porte du quartier des femmes.

Les eunuques subalternes sont les
dragons du jardin des *hespérides*,
ils répondent sur leur tête de l'in-
violabilité du sérail : ils font ren-
trer le monde dans les maisons,
quand une sultane sort pour un
voyage à la suite de l'Empereur.

Celle-ci, voilée de la tête aux pieds, est montée sur un superbe coursier, dont on ne voit que le bout des oreilles : quatre eunuques soutiennent au-dessus d'elle un pavillon, moins pour lui faire honneur que pour la dérober à tous les yeux.

Si une des femmes du Grand Seigneur se trouve dangereusement malade, il faut bien appeler le médecin. Celui-ci arrive, escorté par des eunuques, et dès-lors toutes les autres femmes se retirent à son approche. — Le moderne Hyppocrate ne peut tâter le pouls de la malade qu'à travers une gaze qui lui recouvre la nudité des bras : c'est ainsi que la stupidité de l'étiquette le dispute à l'outrage.

Les esclaves eunuques ont des fonctions bien plus délicates ; ils sont chargés de conduire les femmes aux bains, de les accompagner dans les jardins du sérail, et de les suivre jusques dans les boudoirs, et dans les plus secrets réduits ; cette précaution est nécessaire pour empêcher, par leur présence, certains abus qui se commettent journellement encore malgré cette rigide surveillance.

Les eunuques ont ordre encore de vérifier le sexe des femmes Juives, qui s'introduisent dans le sérail sous divers prétextes. Malheur à l'amant qui se trouveroit ainsi déguisé, car il payeroit de sa vie cette ruse innocente. Pourtant s'il est rare, il n'est pas impossible d'en-

6 *

dormir ces noirs cerbères ; mais il
faut pour cela du courage, et de riches cadeaux ; car l'eunuque seroit
empalé lui-même, si sa convoitise
l'eût déterminé à quelques condes-
cendances.

Outre ces hommes, qui n'en ont
plus que les dehors, des matrônes
d'un âge plus que mûr, sont pré-
posées à la garde de la vertu et de
fidélité des femmes du sérail : on
choisit ces gardiennes fort vieilles,
parce que le Sultan est jaloux,
non seulement des hommes, mais
encore de l'autre sexe : il sait d'ailleurs que rien n'est plus ordinaire
en Orient que ces excès abomi-
nables, désavoués par la nature,
qui n'a créé deux sexes que pour
empêcher chacun d'eux de se suf-

fire à soi-même ; au reste, ces matrônes ne sont pas plus incorruptibles que les eunuques ; elles se prêtent à tout sous deux conditions : savoir leur sûreté personnelle, et une forte récompense. — Voilà comme une clef d'or ouvre les portes du sérail.

Le Sultan a à son service des muets et des sourds pour exécuter machinalement ses volontés. Ces muets sont très - intelligens : ils possèdent, d'une manière rare, le langage des signes, qui est une langue universelle qu'ils comprennent pour l'avantage de leur maître et leurs intérêts particuliers, car on peut tout aussi bien les corrompre que les autres. Le sérail est, comme je l'ai déjà dit, l'en-

6 **

droit de la terre où l'on fait usage de plus de précautions, et où ces précautions réussissent peut-être le moins. La nature sait toujours se venger.

Les filles du Sultan qu'on appelle les princesses ottomanes, sont mieux élevées qu'on ne le soupçonneroit dans une cour si remplie de mauvais exemples : aussi a-t-on le soin de les marier de bonne heure. C'est une faveur insigne que d'obtenir la main de l'une d'elles : pour la mériter, il faut que le prétendant se ruine en présens magnifiques offerts au grand Turc, et principalement aux Sultanes et à la Princesse. Les noces durent quinze jours ; et la Princesse, le dernier jour de ces fêtes, est conduite au milieu d'une brillante cavalcade au sérail de son mari. La marche s'ouvre par le trousseau que portent des mulets, et qui sont tellement chargés qu'ils ployent sous le fardeau : ce sont des coffres de linge et des étoffes d'or brodées en pierreries. Dès son entrée dans la maison maritale, la mariée se laisse conduire à l'appartement de son époux : des feux d'artifices et des baladins terminent la fête.

Des eunuques introduisent le marié ; sitôt que la Sultanne l'apperçoit, elle se lève de dessus ses coussins ; lui, la salue de trois révérences très-respectueuses, et fait quelques pas à sa rencontre : il s'arrête au milieu de la chambre nuptiale, en se croisant les bras sur la poitrine, et dans cette posture

peu convenable à un chef de maison,
il attend que la princesse ait daigné
lui demander de l'eau : il s'em-
presse de lui en verser à genoux
dans une coupe d'or. Les femmes
destinées au service de la princesse
apportent un plateau d'or chargé de
deux assiettes de porcelaine: sur chacune est un pigeon rôti et du sucre
candi rappé. Le mari offre de ce sucre à sa moitié : celle-ci avec fièrté
affecte un dédain dont elle rabbat
quand elle apperçoit tous les cadeaux
qu'on lui apporte de toute part. —
Le cérémonial finit par cette sin-
gularité : l'épousée met elle-même
sur les levres de son mari une pin-
cée de sucre candi, emblême de
la douceur nécessaire dans un ménage : mais trop souvent, hélas !

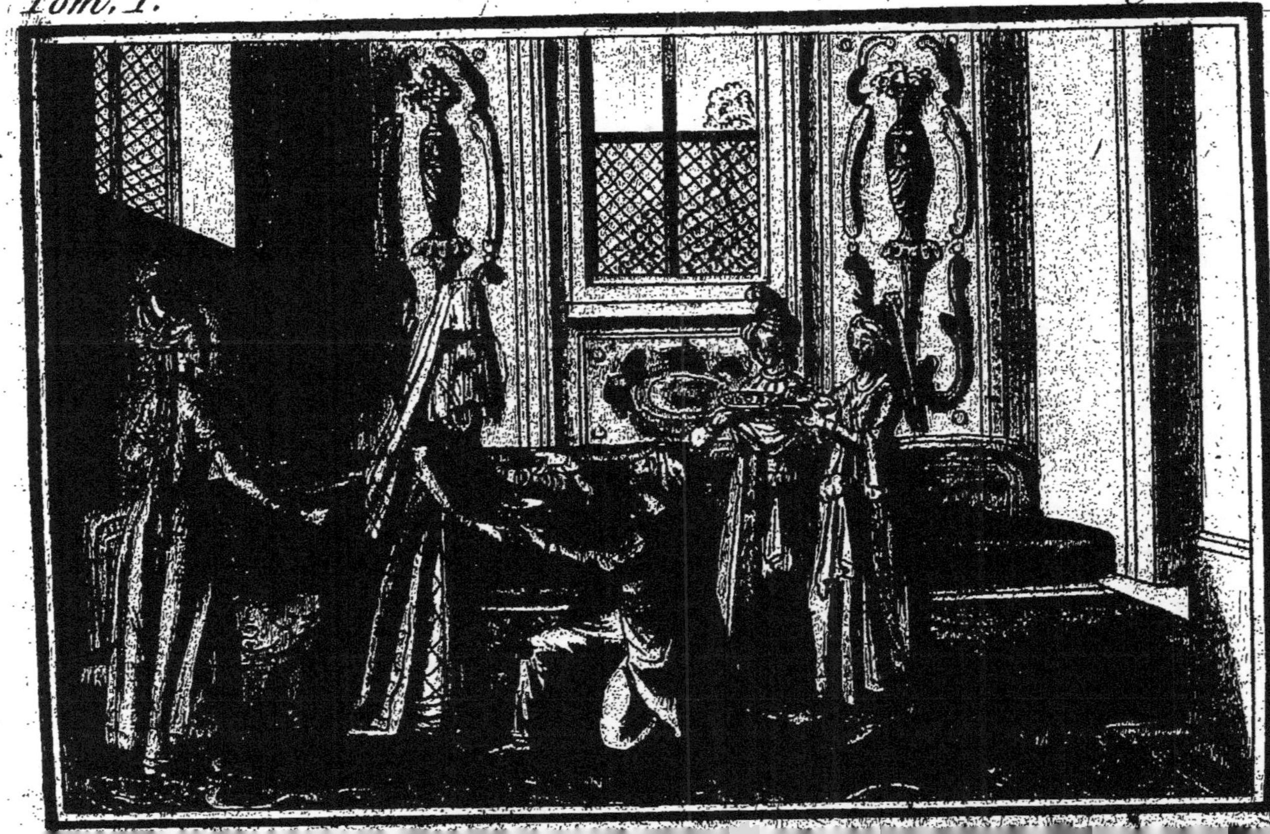

tout ceci n'est que pour la forme.

Onnotera que le Pacha ne connoît encore que le nom de la princesse qu'il a pour femme : il ne sait à quoi s'en tenir sur les charmes de sa figure et de son esprit, que peu avant de se mettre au lit avec elle.... Des airs gais et tendres réveillent le matin les nouveaux époux. La sultane est conduite tout aussi-tôt au bain, au sortir du quel elle trouve le superbe présent d'une toilette, ou plutôt d'une magnifique garde-robe de femme, joint à celle d'un homme, ce qui indique la consommation du mariage, et la communauté des deux conjoints.

Le lendemain des noces, chez les Turcs, s'appelle la journée des

pieds, à cause d'un usage qu'ils pratiquent, et dont aucun historien ne rend raison; c'est que le premier mets servi sur la table des époux, est un plat de pieds de mouton.

Pour donner une idée du faste Oriental, qu'on étale à l'occasion du mariage des princesses du sang impérial, je vais donner ici l'abrégé de ce qui se passa lors de l'hymenée de la sœur d'Achmet III avec le capitan Pacha Méhémet.

Le cortège étoit ouvert par cinq cents janissaires à pied, marchant devant les deux premiers magistrats de Constantinople : ceux-ci étoient montés sur deux superbes coursiers recouverts d'une toile d'or. Un corps de musique Turque, c'est-

à-dire des haut-bois et des tam-
bours, précédoient les meubles
magnifiques dont le grand Sultan
faisoit don. Puis venoit le parein
de l'épousée, escorté de douze gar-
des, revêtus de robes longues de
draps d'or : derrière lui on voyoit
les riches cadeaux que le frère faisoit à sa sœur : c'étoit entr'autres
choses précieuses un chapeau d'or
pur et sans alliage, parsemées de
turquoises ; plus un exemplaire
manuscrit du Coran, recouvert
d'une épaisse lame d'or enrichie
de diamans ; des chemises brodées
en or et en perles fines, et plusieurs
bandeaux, espèce de diadême, de
toute beauté, et d'un éclat que
rien ne pouvoit effacer. De noirs
eunuques à cheval, et richement

habillés , servoient d'escorte à
onze chariots fermés : dedans se
trouvoient de jeunes esclaves habillées de draps d'or ; elles étoient
destinées au service de la princesse:
deux cents cinquante mulets por-
toient des tapisseries de velours et
de satin à fond d'or , ainsi que des
sophas avec leurs carreaux, tout
cela étoit d'un brillant qu'on ne
remarque que dans les cours Asiatiques.

La princesse , objet de tout ce
faste, fut conduite au palais de
son futur mari , précédée d'une
pompe assez bizarre. Une troupe
d'Egyptiens, armés de tambourins
de basque, exécutoient une pan-
tomime grotesque et analogue aux
secrets mystères de l'amour et de
l'hyménée :

l'hyménée : outre cela, quarante virtuoses exécutoient divers morceaux de chant, accompagnés de luths et de harpes : ils avoient au milieu d'eux un sol qui renchérissoit encore sur les Egyptiens, et faisoit la charge d'une répétition de ce qui devoit se passer entre les deux nouveaux mariés. Par tout, à ce qu'il paroît, on regarde la décence et la pudeur comme des hors-d'œuvres sur la table de l'hymen.

Le plus extraordinaire de ce cérémonial consistoit en deux grands arbres, les plus gros qu'on ait pu trouver, et chargés de toute espèce de fruits secs, confits et glacés. Ces deux arbres étoient portées droits comme ils étoient dans la

7

forêt : quantité d'hommes avec des cordages les soutenaient ainsi. D'autres ouvriers, armés de haches et autres instrumens, avoient ordre d'abattre et de rompre tout ce qui pouvoit faire obstacle au passage de ces deux grands arbres.

Précédé de trois torches allumées, on appercevoit enfin un dais de velours cramoisi garni de crépines d'or ; les rideaux de même étoffe étoient exactement fermés, et si longs qu'ils étoient traînans, et balayoient le sable ; c'est sous cette espèce de tente ambulante qu'étoit la princesse à cheval, entourée d'eunuques noirs.

L'étiquette Turque ne connoît que le faste, et n'est point du tout aimable. En France, la place de l'épousée eût été dans le char couvert de draperies d'or qui suivoit le dais.

Quatre chevaux blancs étoient attelés à cette voiture : mais le plus joli de la cérémonie fermoit la marche: c'étoient vingt-cinq jeunes filles choisies, toutes légèrement montées sur des coursiers fringans: leur belle chevelure flottoit éparse sur leurs épaules au gré du zéphir. On ne pouvoit rien voir de plus galant que cette cavalcade, qui eût mieux figuré dans les pays où les femmes sont comptées pour quelque chose: Si elles n'avoient que l'amour de la parure pour unique passion, la vraie patrie de la beauté seroit en Turquie; mais le faste ne remplit pas le vuide du cœur : le faste ne dédommage pas de la sensibilité touchante, et de cette délicatesse de procédés inconnue à la cour ottomane, où l'on ne voit que de l'or et des eunuques.

Une petite digression sur les filles publiques en Turquie, et particulièrement à Constantinople, ne sera pas déplacée dans un ouvrage sur les sérails; et dans un temps ou l'on s'occupe enfin sérieusement de la cure de ce chancre politique.

Malgré la pluralité des femmes autorisée, et même prescrite par la loi Mahométane : malgré la multiplicité des sérails dans l'empire du Croissant, croiroit-on qu'il y a des sérails publics, des lieux infâmes de débauche et de prostitution.

On a même établi des magistrats
pour y maintenir la police. Les
*Soubachis*, ou hommes publics,
qui en ont l'intendance, donnent
la permission de fréquenter ces
asyles du crime à qui peut les
payer; on peut même s'y abonner
pour un mois, pour deux, et même
pour un an. L'officier, chargé de
cette partie administrative, déli-
vre ces permissions signées de sa
main; et avec ce brevet d'impunité, on ne craint pas d'aller en
prison quand on est pris en fla-
grant délit. Sans lui on ne pourroit avoir sa liberté, que moyen-
nant une une assez forte somme.
Cette espèce d'imposition immo-
rale sur les plaisirs du libertin est
entièremant arbitraire : la noto-

7 **

riété publique des richesses du demandeur, sert de base à la quotité de la taxe.

De leur côté, les femmes communément payent aussi un tribut tous les mois pour exercer librement leur profession joyeuse, et quelquefois *cuisante*. Cette espèce de patente est proportionnée aux facultés des requérantes ; si elles sont bien achalandées, elles payent beaucoup : si par avanture elles se trouvent hors d'état de satisfaire par elles-mêmes, elles ont recours à cet expédient : elles s'arrangent de manière à ce que le *Soubachi* puisse se présenter dans leurs demeures au moment où elles ont pris dans leurs filets quelques riches négocians étrangers, quelques *Mondors*, et surtout quelques *Francs;* car alors ces Messieurs payent double, et pour eux et pour celle chez qui ils se trouvent.

Quand les oiseleuses n'ont pu attraper de gibier, elles ont recours à une autre ressource toute aussi déloyale : car le choix des moyens est toujours ce qui les embarrasse le moins. Elles postent quelqu'un dans la rue pour enlever le chapeau, le turban ou le mouchoir du riche particulier qui passe paisiblement son chemin. Ce chapeau ou turban est jeté par dessus la muraille, dans la cour de la maison de ces filles publiques. Si le passant a l'imprudence d'entrer pour ravoir sa coëffure, on ferme la porte sur lui, et on le constitue prisonnier pendant qu'on va avertir le magistrat. Celui-ci arrive, constate le délit, c'est-à-dire la présence du particulier dans un lieu suspect; et sans l'entendre, sans remonter à la cause, il lui ordonne la prison, et une forte amende pour en sortir. Par cette amende la fille est exempte de son imposition.

Malheur aussi au voyageur novice, et peu au fait des usages, s'il se promène dans les campagnes isolées, et dans les jardins solitaires voisins de Constantinople! S'il a été remarqué, on prend aussi-tôt des renseignemens sur son compte; et si l'on sait que sa bourse à beaucoup d'embonpoint, alors des Turcs, souteneurs de femmes suspectes, ont l'adresse de conduire, sans être apperçus, quelqu'une de ces malheureuses auprès de notre promeneur. A l'instant même trois témoins se présentent, pour dire à qui voudra les entendre, qu'ils ont vu un inconnu donner un rendez-vous à une fille publique : tout aussi-tôt notre imprudent est capturé, et conduit au Soubachi, qui le condamne sans autre forme de procès.

L'impudence caractérise ces courtisanes vulgaires autant que l'industrieuse perfidie. Si elles apprennent qu'un Bacha, ou tel autre personnage de marque, a dressé son pavillon hors des murs de Constantinople, ces femmes éhontées

vont aussi-tôt offrir leurs crimi-
nelles complaisances aux soldats,
et aux valets de cet officier ; et leur
cinisme va jusqu'à s'abandonner à
eux jusqu'en plein jour, à la face
du soleil.

Dans les provinces soumises au
Croissant, c'est pis encore. Sur
toutes les avenues qui mènent à des
villes un peu fréquentées, on rencontre de ces femmes qui, pour la
plus petite pièce de monnoie, exé-
cutent des tours de force d'une in-
décence dont on n'a pas d'idées :
l'Arétin, de lubrique mémoire,
n'étoit qu'un écolier auprès d'elles :
à leur école il eût considérablement
grossi son livre infâme.

Ces espèces de Bayadères Turques se livrent à ce métier, avec

d'autant plus d'assurance , qu'elles s'y disent autorisées par la loi sainte du *Saint* prophète. Le dogme de la *fatalité*, qui fait la base du système religieux des Musulmans, est leur grand cheval de bataille : elles disent qu'apparemment le dieu de Mahomet le veut ainsi : qu'il n'y a pas d'état vil et criminel dans le monde, puisqu'il ne s'y passe rien sans l'ordre et la permission de Dieu : que Dieu les approuve sans doute , ou du moins les tolère , puisqu'il ne les punit pas de ce genre de vie; et qu'assurément il ne tiendroit qu'à la divine providence de faire cesser ce désordre, si c'en étoit un à ses yeux ; d'ailleurs, ajoutent-elles, il faut bien que nous soyons de quelqu'utilité au gouvernement, puisqu'il nous protège, et établit une magistrature tout exprès pour surveiller le régime intérieur de nos maisons.

Cependant il y a en Turquie des lois très-sévères contre le libertinage. Le code pénal ordonne un châtiment : il est terrible contre les femmes publiques qui porteroient la licence jusqu'au crime; car la courtisane qui auroit attentée à la vie d'un Musulman dans ses bras, seroit enfermée dans un sac, lié par son extrémité au col de la coupable, et précipitée dans les fossés de Constantinople toujours remplis d'eau : mais ces sortes d'exécutions n'ont lieu qu'une fois, à peine tous les trente ans, et

encore ne fait-on subir ce supplice
qu'aux vieilles. — Hélas ! qu'une
fois tous les trente ans, ce seroit
trop d'en agir ainsi, une fois même
dans tout un siècle. Cette punition
atroce indique bien l'imbécillité
du législateur, qui, moins féroce,
pourroit trouver des moyens plus
surs contre l'épidémie de la débauche.

L'impunité ou la barbarie, voilà
tout ce que savent faire les gou-
vernans; et cette observation n'est
que trop justifiée en Turquie.

La population semble être l'unique but, et le principal objet que
se proposent les administrateurs
politiques, et chez les Turcs plus
qu'ailleurs peut être. C'est pour
atteindre à ce point, que la Poly-

8

gamie est un précepte de religion et un commandement de Mahomet : mais son vœu, si tant est qu'il l'ait eu, a été trompé, et n'est qu'illusoire, car la Turquie n'est point a beaucoup près peuplée en raison de son étendue, de ses ressources, et de la pluralité des femmes. La Polygamie doit nécessairement dégénérer en libertinage, et le libertinage est infécond. Une chaste union donne plus d'enfans à la patrie qu'un *harem* n'en fournit au Grand Seigneur, et d'ailleurs les femmes en ce pays sont en général mauvaises mères ; et il n'est pas rare de voir les femmes enceintes détruire elles-mêmes le fruit de leurs entrailles.

La Polygamie énerve les hommes;

la jalousie achève le mal en nécessitant la multiplicité des eunuques ; et les sérails font une bien plus grande plaie à la population que n'en faisoient nos couvents en France. — Que de maladies encore, dont la moindre est l'impuissance, le libertinage ne traîne-t-il pas à sa suite.

Au premier aspect, on seroit tenté de rendre hommage à la sagesse ottomane, en voyant la conduite qu'on tient en ce pays à l'égard des femmes. En ne paroissant les regarder que comme de frêles instrumens de plaisir, en leur enlevant tout droit à l'égalité par rapport à l'autre sexe, on diroit qu'on a voulu éviter une des plus grandes causes des désordres poli-

8 *

tiques : il semble qu'on ait eu en vue
les dix années de guerre autour de
Troye à cause d'une femme. Mais
en lisant les annales Turques on
est bientôt détrompé. Point de
contrées où le deuxième sexe soit
plus mal mené, et obtienne moins
de considération : point de contrées cependant où les femmes ayent
plus d'influence sur les affaires du
gouvernement; car toutes les révolutions du Croissant ont été our-
dies dans l'ombre des sérails : il ne
saute pas une tête en Turquie, on
n'y étrangle pas un ministre, qu'une
intrigue de femmes ne se trouve
mêlée dans cet évènement. Les
beautés du sérail, invisibles comme
les divinités, sont aussi puissantes:
il est vrai aussi qu'elles ne sont

fortes que de la faiblesse de leur Grand Seigneur.

Une sultane dans le harem ressemble ( qu'on me pardonne la bassesse de la comparaison en faveur de la justesse) à ces araignées, qui, placées dans l'angle obscur d'un apprtement mal tenu, tendent leurs fils de côté et d'autre sans faire de bruit; et dans leurs trames perfides arrêtent et enlacent les moucherons imprudens qui voltigent autour.

La cause première des révoltes des Jannissaires est presque toujours due à la sourde ambition de la favorite du grand Turc, ainsi que la chûte ou l'élévation d'un ministre.

Une Moscovite prisonnière fut

8 **

la première cause de la révolution
ottomane de l'année 1687. Le visir en étoit amoureux à l'insçu du
Sultan : celui-ci ne tarda point à
devenir son rival. Le premier ministre fut étranglé après avoir subi
la torture : une lettre surprise causa
sa mort, mais en même temps l'empereur Mahomet fut déposé. Soliman lui succéda, mais ne put, avec
la couronne, posséder le cœur de
la belle captive : celle-ci se poi-
gnarda. Le nouveau prince en con-
çut tant de déplaisir, qu'il en périt
lui-même de langueur; et vengea
ainsi l'outrage qu'il avoit fait à son
frère.

Tout le monde connoît l'aven-
ture de Roxelane : tout le monde
sait les infortunes de Bajazet; et

personne n'ignore la catastrophe de Mustapha et Zéangir. L'histoire et nos théatres offrent peu d'évène- mens aussi tragiques.

Les petites guerres intestines en- tre les *Odalisques*, les *Aséquis*, et les *Validés* en présagent toujours de grandes, qui à la fin ébranleront l'em- pire jusques dans ses fondemens. On a vu une seule validé faire jeter à la mer jusqu'à douze sultanes. Quand la favorite déclarée a un peu de caractère, comme en avoit sous Ach- met I *Kiosem*, la fille d'un prêtre grec, alors les rennes de l'état sont abandonnées flottantes dans ses mains. C'est surtout à Constanti- nople que le souverain pouvoir tombe en quenouille.

C'est par suite des craintes qu'inspire le plus foible des deux sexes à l'autre, que toutes les armes à feu sont interdites dans le quartier des femmes du sérail ; et c'est par un excès de précaution qu'on y tient des lampes allumées depuis le coucher du soleil jusqu'à son lever : la nuit y est aussi claire que le jour. Les intrigues y sont si habituelles qu'on ne peut y dormir que d'un œil, et qu'on se tient prêt à tout événement.

C'est encore pour prévenir les étranglemens que les femmes pourroient ordonner ou subir, que l'usage des jarretières leur est refusé ; mais on leur laisse celui du lacet. Il ne faut pas demander de la suite dans les idées, parmi des êtres livrés au déréglement de toutes les passions.

Le fameux visir Cara-Mustapha ne dut les honneurs et le crédit, dont il jouit si long-temps, qu'à son maintien noble qui plut beaucoup à la sultane régnante. Elle fit toutes les avances et le protégea ouvertement. On n'est point délicat dans les sérails : l'amour y connoît l'intrigue, et non les doux mystères d'une réserve qui ajoute encore au plaisir.

Mais ces femmes si ambitieuses ont souvent aussi leur part de la mauvaise fortune, qui accompagne presque toujours les principaux moteurs d'une révolution, et les premiers agents d'une intrigue politico-amoureuse. On a vu à Constantinople le cadavre d'une validé traîné à l'hippodrome par les Jan-

nissaires honteux enfin d'être me-
nés par une femme, haché en morceaux, rôti, grillé, et mangé par
le peuple et le soldat.

Ce fut une femme qui attira le
détrônement et la mort à l'infor-
tuné Osman. Contre les lois du
Coran il avoit osé céder à son cœur,
et prendre pour épouse la fille du
Muphti : la superstition cria au
sacrilège, et le prince en fut trop
puni sans doute. Son cadavre fut
ensuite porté dans le sérail, afin
que sa vue tranquillisât son successeur, qui n'eût pas régné sans
quelqu'inquiétude, tant que le légitime prince auroit existé encore.

C'est ainsi que la plus belle ré-
gion du globe est livrée à l'impé-
ritie de quelques femmes ambi-

tieuses ! Voilà comme elles se ven-
gent avec toute l'active industrie
de leur sexe, des humiliations, du
mépris, et des outrages qu'on leur
fait supporter.

L'honneur que le Sultan fait aux
grands de sa cour, en leur donnant ses sœurs en mariage, n'est
pas sans inconvéniens pour les
épouseurs.

Il faut, en s'alliant au sang impérial, qu'ils se résolvent à se pri-
ver de toutes les autres femmes,
pour être tout entier à la princesse; ensorte que l'agréable pré-
rogative de la polygamie cesse pour
eux. S'ils sont déjà mariés, on les
oblige à chasser leur première
épouse, afin de ne point exciter de
jalousie à la sultane. Ces époux

deviennent donc par l'excès des faveurs, les plus misérables de l'Empire, et plus esclaves que les derniers de leurs esclaves. Le Grand Seigneur se sert de ces alliances pour abbaisser les têtes superbes qui lui feroient ombrage.

A la cour Ottomane on donne le nom d'*Aséquis* aux femmes ordinaires du Grand Seigneur, lesquelles mènent un train et affichent les airs d'impératrices, quoiqu'il ne les ait pas épousées. Elles servent ordinairement à ses passe-temps journaliers.

Disons présentement un mot des *Bazars*, ou marchés publics d'esclaves des deux sexes. On les range chacun d'un côté opposé. Les femmes en vente ont la tête enveloppée de drapperies ; on ne peut voir et apprécier que leur taille. Des matrones indiquent leur âge, leurs talens et leurs charmes. Cependant auparavant de conclure une acquisition, il est d'usage qu'on y mette la clause que, si l'esclave vendue ne se trouve pas au gré de l'acheteur, on la reprendra pour l'échanger contre une autre. Pour cet effet, il y a dans le Bazar un réduit écarté, où l'on peut visiter à découvert les charmes de la belle esclave. Si on l'a acheté pour pucelle, on a le droit de la faire visiter pour vérifier cette circonstance, sujette à plus d'une méprise sans doute.

Avant d'exposer cette marchan-

dise vivante aux regards du riche amateur, tenté de faire emplette ; on mène ces beautés vénales au bain, afin de les rendre plus fraîches et plus appétissantes : mais dans ces marchés publics on n'y expose pas les plus belles femmes : on les réserve pour être cédées à un grand prix ; et en donnant sur-tout une certaine somme pour la commission des femmes Juives et des Arméniennes, qui sont ordinairement les courtières de ces sortes d'arrangement.

On observera cependant qu'il est défendu à un spéculateur Chrétien d'acheter des esclaves Musulmanes.

Les jeunes filles qu'on vend publiquement à Constantinople, sont pour l'ordinaire des recrues faites en Moscovie, en Pologne, en Géorgie, et dans la Circassie. Elles sont fort blanches, et c'est la qualité qu'on exige avant toutes les autres. Ceux qui en trafiquent, les tiennent des petits Tartares. Le prix courant d'une esclave, qui n'est que jeune et jolie, dépourvue de talens, c'est-à-dire ne sachant ni chanter, ni travailler en tapisseries, est de cent écus argent de France. Le prix varie selon le degré de beauté et de perfection. Les Turcs peuvent les revendre, mais long-temps après. Ils ont quelques considérations pour celles qui leur ont donné des enfans. Les grands et les riches les affranchissent après plusieurs années de service, et toujours au lit de la mort.

9 *

Les filles, les sœurs, et les autres proches parentes du Grand Seigneur, quand elles se marient, portent dans leur ceinture un petit poignard enrichi de pierreries, c'est la marque distinctif de leur nouvel état.

L'empereur Turc est sujet à des lois, en ce qui regarde le traitement qu'il doit faire à ses femmes. Par exemple, le coran de Mahomet lui prescrit de coucher avec la première des femmes qu'il épouse, pendant toute la nuit du jeudi au vendredi. C'est une obligation religieuse dont l'hymen se tire comme il peut. Il est aussi dans l'usage de donner à chacune des femmes, dont il fait ses épouses, un douaire qui se monte communément à cinq cents mille écus de revenu annuel.

L'une des charges les plus importantes et les plus délicates de la cour ottomane, est l'office de *Keslar-Aga*, qu'on peut traduire par ces mots, *Chef des vierges :* c'est ordinairement un vieil eunuque noir (*raclé à fleur de ventre*, dit une vieille relation particulière du sérail.) Il commande à tous les autres eunuques noirs, que le Bassa du grand caire envoie au Grand Seigneur pour la garde de ses femmes. Il tient les clefs de toutes les portes, et jouit du rare avantage de parler au Sultan toutes les fois qu'il le juge à propos. Les eunuques blancs ne pénètrent jamais dans l'appartement des fem-

mes , et ne peuvent jamais les voir.
Les noirs ne sortent point du sérail sans la permission de la *Sultane reine*, c'est-à-dire de la mère
de l'aîné des fils du prince régnant.
Ils sont bien au nombre de cinq
cents depuis l'âge de douze ans
jusqu'à vingt-cinq ou trente ans.

Tout en sortant des bras de ses
femmes, le Grand Seigneur passe
au bain : sans cela il ne seroit
point en état de grace devant Dieu
et le Saint Prophète ; car Mahomet fit de la propreté un précepte
de religion.

Lorsque le Grand Turc prend les
plaisirs de la promenade dans ses
jardins, avec trois ou quatre de
ses femmes, tout le monde sort,
même les *Bostangis*, ou jardiniers:

ceux qui resteroient courroient le risque de leur vie. Quelques eunuques noirs demeurent et suivent de loin pour attendre les ordres. Ce sont eux qui jettent un cri pour avertir de se retirer ; et en effet, il se passe , entre le Sultan amoureux et ces femmes lascives, des choses qui n'ont pas besoin de témoins.

Celle à qui le prince a jetté le mouchoir, se mêle rarement aux autres , quelle regarde des - lors comme des beautés subalternes : cependant elle-même joue un rôle bien avilissant , quand elle est admise à la couche impériale. L'étiquette est pour elle de seglisser dans le lit par le côté opposé au chevet, à-peu-près comme l'épagneul chéri quand sa maîtresse est couchée.

Une particularité qui ne sera pas du goût de toutes les femmes, c'est que tout le long de la nuit, dans la chambre à coucher du Grand Seigneur, brûlent deux torches de cire blanche pour procurer au prince le plaisir d'examiner, en détail, les trésors les plus cachés de la beauté qu'il s'est fait amener. Cinq ou six vieilles femmes se tiennent à la porte, en dehors, avec des eaux parfumées, pour laver la jeune odalisque à chaque faveur qu'elle reçoit de son auguste maître ; car le Sultan ne connoît jamais deux fois de de suite la même femme, sans lui faire subir un bain de propreté à chaque fois.

Les filles qui habitent le sérail
pour le divertissement du grand
Seigneur, outre de vieilles duegnes
qui surveillent leur conduite, sont
encore sous les yeux d'une gouvernante en chef moins agée : et sitôt
que le prince régnant est défunt,
on fait passer comme je l'ai déjà
dit, dans le vieux sérail, toutes les
femmes qu'il a connues pendant son
règne, ainsi que celles qui ne sont
plus d'âge à donner du plaisir. Là
ces malheureuses ont tout le loisir
de pleurer la mort du prince, ou
celle de leurs enfants étranglés ordinairement par son successeur.
Mais dans le sérail du nouveau
Sultan ce seroit un crime de pleurer l'ancien Grand Seigneur ; il
faut que tout le monde se ré-

jouisse, ou en ait l'air à son avé-
nement à l'Empire.

Les filles qui n'ont point d'enfant
ou celles qui n'en ont point eu
de mâles, peuvent obtenir la permission de se marier avec un officier de la cour ottomane. Ordinai-
ment, il n'y a que celles qui sont
riches qui peuvent effectuer ce trop
juste vœu. Aussi pour y parvenir
pendant qu'elles ont du crédit
et qu'elles sont favorites, elles
amassent le plus de biens qu'elles
peuvent ; et une fois reléguées au
vieux sérail, elles font transpirer
au dehors le bruit qu'elles sont
très-opulentes, afin d'attirer les
demandes en mariage.

On saura que le grand Seigneur
s'est ménagé dans le vieux sérail,

un appartement où il vient parfois
satisfaire ses caprices, ou dissiper les
ennuis qui l le suivent par tout

Le chagrin monte en crouppe et galoppe
avec lui. *BOILEAU.*

Les Grands de l'Empire pour faire
leur cour à la nouvelle divinité
Impériale, lui font présent des plus
belles esclaves qu'ils peuvent se procurer : ils ont en cela un motif
d'intérêt assez bien entendu. Si leur
présent est agréé, l'esclave prise en
affection par le prince est reconnois-
sante, et employe sa faveur pour
faire avancer celui qui l'a produite.
Il arrive delà que le sérail est toujours *avitaillé* de jolies filles qui se
renouvellent sans cesse ; surtout
quand le croissant est en guerre
avec quelques puissances de la chre-

tienneté. En général les femmes Européennes, et surtout les Françoises ont toujours le pas dans le sérail sur les beautés africaines, ou asiatiques. La première chose qu'on propose ou plutôt qu'on exige des filles d'Europe, est le changement de culte, et quand elles y consentent le cérémonial n'est pas long; on leur enjoint alors de lever le doigt du milieu vers le ciel en répétant trois fois *allah! allah! allah!* — On les renferme ensuite dans un vaste enclos dont le pourtour est garni d'un grand nombre de petits appartemens... On diroit d'un dortoire de religieuses.

Toutes ces filles mises en réquisition, mangent et travaillent ensemble. Quand l'heure de se coucher

cher arrive, elles se retirent chacune dans le petit apppartement
qui lui est assigné. — Le corridor
est éclairé d'un flambeau pendant
toute la nuit, et chaque dizaine
de ces filles est surveillée par une
vieille femme.

C'est la gouvernante en chef qui
interroge ces malheureuses victimes,
lorsqu'elles entrent dans le sérail :
c'est elle qui leur détaille ce qu'elles ont à faire, et qui les visite
de la tête aux pieds pour en rendre
compte au Prince, afin qu'il dé-
termine son choix d'après toutes
les particularités qu'elle lui décrit.

Leurs moindres défauts, les plus
petites beautés sont indiqués avec
exactitude, ensorte que le grand
Sultan sait par cœur toutes ces

filles. — Elles sont ordinairement au nombre de trois cents.

La surintendante des plaisirs du Grand Seigneur les fait ranger sur une seule file, quand celui-ci la prévient qu'il viendra au sérail; alors il les passe en revue, et comme il dit, on là laisse tomber en passant le mouchoir devant celle qui lui revient d'avantage : elle le suit aussitôt, et quand il en a usé selon son desir, il la renvoye en lui abandonnant pour sa peine ses riches habits, et tout l'or qui peut se trouver dans sa ceinture.

Celles de ces pauvres filles qui n'ont pu obtenir un coup d'œil, et dont la beauté s'est flétrie comme une fleur que le jardinier distrait

ou trop occupé a oublié d'arro-
ser, sont logées par la suite dans
un triste appartement, et réduites
à la paye de trente *aspres* par
jour. Elles passent le temps, qui
leur paroît bien long, à exécuter
des ouvrages de broderies : mais du
reste elles sont assez bien entre-
tenues. Leur nourriture consiste
dans du riz apprêté de diverses
manières, du mouton, et de la
poule : leur boisson habituelle est
de l'eau sucrée. — Elles sont aussi
habillées aux frais de la cour —
Elles ne sortent jamais ; leurs
ameublements sont fort riches, et
elles ont la jouissance des jardins
du sérail.

Revenons aux Eunuques pour
rapporter un usage assez bizarre

qui les concerne. Disons d'abord
que ce sont presque toujours des
maures dont la physionomie est
des plus hideuse. On leur donne
le nom des plus belles fleurs, telles que le *Narcisse*, *l'Hyacinthe*,
et la *Rose*, afin que les femmes du Grand Seigneur les ap-
pellant par ces noms charmants,
il ne sorte rien de leur jolie
bouche qui ne soit aussi agréable,
aussi frais qu'elles. On ne se seroit pas attendu à cette galanterie
Française dans l'intérieur du sérail.

Ceux qui ont les traits un peu
moins difformes sont destinés à la
garde de la première porte de
l'enclos ; des Femmes mais les eunuques portiers des chambres parti-

culières, et qui peuvent conver-
ser avec les filles du sérail, doivent être d'une laideur amère.

On choisit à cet effet les individus qui ont dans la figure les
défauts les plus marquans, et qui
révoltent d'avantage. C'est une
politique à la façon des Turcs,
afin que les femmes, ayant toujours devant les yeux des monstres
plutôt que des hommes, trouvent
le grand Sultan plus beau... quels
misérables procédés !

Tant en eunuques qu'en surveil-
lantes, le sérail renferme bien
mille personnes attachées au service de l'intérieur.

Nous avons dit qu'il y a une vieille
matrône préposée pour la conduite
de dix filles.——— Ces dix filles pas-
10 **

sant la nuit sur une estrade commune, la duègne se couche au milieu d'elles, afin d'entendre, et de
voir tout ce qu'elles disent, et tout
ce qu'elles font. Cette précaution
n'empêche pas qu'il ne se commettent bien des turpitudes parmi toutes ces beautés, peut-être encore
plus à plaindre qu'à blâmer. Elles
sont plus malheureuses que coupa-
bles, et ce n'est pas peu dire.

N'oublions pas de rapporter que
dans l'appartement des femmes, il
y a toujours deux prêtres Musulmans tirés de la Mosquée royale
de la reine-mère, ou *Sultane-va-
lidé*. Ils font dire les prières aux
jeunes filles de sa hautesse.

Nous avons souvent répété le
mot *Odalisque* ou *Odalique* sans

en dire la signification grammaticale et précise. Il signifie, à proprement parler, *fille esclave;* et voici à ce sujet une manière de voir, chez les Turcs, qui annonce de leur part ou beaucoup de scrupule, ou beaucoup de délicatesse. Ils sont bien plus attachés aux enfans qui naissent de leurs odalisques, qu'à ceux de leurs épouses : la raison en est que la loi du Saint Prophète leur permettant l'usage des concubines, ils sont assurés que les enfans qu'ils en ont sont toujours légitimes : car cette même loi exige que le mariage soit l'union des volontés du mari et de la femme : or, sitôt qu'il arrive entre les époux quelque discorde, les Turcs croyent que le mariage cesse

de ce moment jusqu'à la réconci-
liation. Cependant si l'épouse vient
à concevoir pendant ce divorce de
caprice, les docteurs de la loi
ont décidé que l'enfant conçu ainsi
ne doit pas être estimé légitime;
et comme il n'est pas aisé de savoir en quel état se trouvoit sa
femme au moment de la concep-
tion, on en conclud qu'on doit regarder les enfans d'odalisques d'un
œil plus paternel que ceux des
épouses, avec lesquelles on est censé
avoir pu divorcer par la volonté ou
la mauvaise intelligence. Il s'ensuit delà que les Turcs ne man-
quent pas de prétextes pour excu-
ser leurs excès, et les abus qu'ils
font des choses les plus saintes:
si encore il n'en résultoit que cet

inconvénient de famille !..... Mais
c'est qu'au moyen de ces interpré-
tations de la loi, le Sultan ruine
son empire pour faire face aux dé-
penses inouies qu'exige l'entretien
de son sérail : on en peut juger
par le seul détail suivant. On tue
par an pour les cuisines du Grand
Seigneur et de ses Sultanes, près
de quatre mille vaches, seulement
pour lui procurer le plaisir d'un
ragout fort à la mode en Turquie,
et que les habitans trouvent fort
délicat. Il est connu sous le nom
de *Pastromanis*. Ce plat favori se
compose de la chair de vaches qui
sont pleines, parce qu'on prétend
qu'alors elle en est plus tendre :
on la sale vers la fin de l'automne,
et on y met une telle importance,

que le grand Visir est tenu d'as-
sister à cette salaison : c'est sans
doute pour s'assurer si l'on n'em-
poisonne pas ces viandes, surtout
les morceaux destinés pour la bouche de la Sultane favorite.

*Sérail*, originairement *Serai*,
veut dire hôtel. C'est le nom des
palais du Grand Seigneur, composés de trois parties distinctes, qui
sont les appartemens de sa Hautesse, ceux de ses femmes, et enfin de vastes jardins.

Le sérail de Constantinople est
comme une ville séparée du reste,
qui a ses lois et ses mœurs à part.
Le nom de *Liberté* n'y a jamais été
prononcé tout haut.

Voici à peu près comment le
Grand Seigneur passe le temps

dans son sérail, d'où il ne sort pas tous les jours. — Il se lève dès la pointe du jour avant le lever du soleil pour faire sa prière, comme il est prescrit par la loi. Auparavant il va se purifier au bain, surtout quand il a couché avec l'une de ses femmes ; ce qui lui arrive fréquemment pour ne pas dire toujours, tant qu'il est jeune. La prière ne dure qu'un quart-d'heure. — Il passe delà à son déjeuné, puis s'exerce à tirer de l'arc, ou a panser lui-même ses plus beaux chevaux. — S'il est jour de conseil, il va par une galerie couverte, à la fenêtre qui donne dans la salle du *Divan*, pour entendre tout ce dont on y traite. — Puis vient l'heure du dîner : on apporte une

table, haute seulement d'un pied,
et sur laquelle on étend une nappe
de maroquin rouge. Il mange ha-
bituellement seul, les jambes croisées, assis sur de riches tapis bien
moëlleux, et appuyé sur des carreaux ou coussins qui l'empêchent
de se ressentir de la fraîcheur de
la muraille ; car les murs du sérail
sont aussi épais que ceux d'une
prison. --- Les plats sont ou d'or
ou de porcelaine, avec des cou-
vercles d'or. Les *Ichoglans* et les
eunuques qui le servent à table
sont accroupis sur leurs talons, et
mangent après et devant le Grand
Turc, la desserte de son dîner.
Les repas ordinaires sont composés
de poules, de pigeons, de mouton
et de riz. Il use pour boisson d'une

sorte de sorbet fort délicat. --- Pendant que sa Hautesse dîne, elle se
fait lire l'histoire de quelques-uns
de ses prédécesseurs, et presque
toujours un chapitre de la vie d'A-
lexandre-le-Grand, écrite en langue Arabe. Les empereurs Musulmans ont tous eu la prétention de
ressembler à ce conquérant de l'A-
sie. --- Après le dîner, les jours
d'audience, il passe dans un sallon
pour conférer avec ses ministres,
et recevoir les ambassadeurs ; ou
bien il tue le temps avec ses nains,
ses muets, ses eunuques, et ses
femmes. --- Sa chambre à coucher
n'offre pas de riches bois de lit ;
le soir, quand il se dispose à re-
poser, des esclaves apportent quatre matelats, dont un de plumes,

On les étend à l'un des coins de l'appartement sur un riche tapis. Puis on attache au-dessus un pavillon de toile d'or.

En hyver le prince ne quitte point le pantalon de ratine qu'il a porté tout le jour. Il se couche entre deux fourrures de martre-zibeline et de renard, dont le poil est fort doux, ce sont-là ses couvertures et ses draps.

En été il se déshabille tout-à-fait, et se met entre deux fins draps ; et pour lui sauver l'incommodité de la chaleur qui doit être très-grande en ce pays, on passe des cuirs de maroquin entre le drap et le matelas. Son valet de chambre garde, pour ses profits, ce qui reste des quarante-cinq sequins que l'on met tous les jours dans ses poches pour ses menus plaisirs de la journée.

Quelquefois il prend le plaisir de la chasse dans l'intérieur même du sérail, et il admet à ce divertissement celles des sultanes qu'il affectionne le plus. Quand il franchit les portes de Constantinople pour quelque voyage, si plusieurs de ses femmes sont de la partie, alors, afin que personne ne se trouve sur le passage, vingt-cinq à trente muets courent à toute bride devant lui, l'arc à la main, et chassent ainsi tous les curieux : ceux qui ne fuyent pas assez vîte courent risque de perdre la vie. Les carosses des femmes sont toujours bien fermés, quoiqu'elles

11 *

ayent déjà tout le visage caché ;
et afin qu'elles ne puissent être ap-
perçues, même des cochers, on tend
des voiles depuis la porte de leur
appartement jusqu'aux voitures ; et
c'est sous ces draperies que les Sultanes passent , et sont conduites
dans les chars entre des haies d'eunuques qui sont à cheval, et qui
ne les perdent pas de vue un seul
moment. On découvre les carosses
des femmes par le haut, pour leur
procurer le plaisir de respirer un
air pur , et de jouir du spectacle
de la chasse au vol.

Quelquefois aussi le Grand Seigneur daigne admettre ses femmes
dans sa galiote, quand il se promène sur la mer le long du canal
de Constantinople; mais alors elles

sont enfermées dans la poupe, et un très-grand rideau empêche les rameurs et autres marins, de porter un œil indiscret sur elles.

Parlons maintenant des cuisines du sérail. Il y en a neuf toutes voutées. L'âtre est au milieu, et la fumée sort par un dôme à jour qui est au-dessus perpendiculairement, et qui sert de cheminée.

Il y a la cuisine pour la bouche du Grand Seigneur, une autre à l'usage seulement de la première sultane, ou sultane favorite, et une autre enfin pour les autres sultanes. Le maître-d'hôtel en chef doit, chaque jour, approvisionner le sérail de deux cents moutons, cent agneaux, cent chevreaux, dix veaux, deux cents pièces de vo-

11 **

lailles , et cent paires de pigeons ;
sans compter le poisson, le gibier
et les sorbets.

On appelle *sorbet* une boisson
impériale , composée de jus de
pommes , et de plusieurs autres
fruits , fortement assaisonnés de
sucre et d'ambre. On en fait avec
du citron, et d'autres avec les sim-
ples feuilles de la violette.

Tout bien calculé, la Turquie
est un bon pays , j'oserois même
dire pour les femmes. Il est vrai
qu'elles y sont traitées souvent
d'une manière étrange , et leur
réclusion presque continuelle n'est
pas fort agréable; cependant, malgré cela , elles éprouvent de grandes jouissances dans le plaisir
quelles ont de jouer les hommes

sans faire de mécontens; car c'est
presque toujours à leur insçu, malgré les précautions qu'ils prennent
pour n'être pas trompés. --- Ils en
sont constamment pour les frais de
leur jalousie mal entendue, qui
perce jusques même dans la cons-
truction de leurs voitures. Un carosse Turc ressemble aux chariots
de poste en Hollande : il a en
guise de glaces des barreaux de
bois peints et dorés : l'extérieur
est parfumé par des pots de fleurs.
On couvre ordinairement l'impérial et les côtés d'un drap écarlate,
doublé de soie, enrichi de crépines,
et orné de broderies. Ce drap dérobe absolument à la vue les personnes qui sont dans la voiture: mais
quelquefois en pleine campagne on

le relève pour procurer aux femmes
le plaisir de lorgner à travers les
barreaux. ---- On tient quatre dans
un carosse Turc, et fort à son aise,
assis sur des coussins toujours les
jambes croisées.

Les femmes des Musulmans particuliers, ou *bourgeois*, ont la liberté d'aller aux bains publics destinés à leur sexe. C'est un bâtiment
de pierres à cinq dômes : elles s'y
trouvent quelquefois plus de deux
cents. Une sorte d'égalité s'y ob-
serve : les maîtresses et les filles
qui les servent usent des mêmes
tapis et de mêmes coussins..... Ce
doit être un spectacle ravissant que
la vue de deux cents femmes presque toutes jolies, fraîches et bien
faites, toutes dans l'état de pure

nature, leurs cheveux voilant une partie de leurs charmes, et relevant encore l'éclat de leur peau qui rivalise le plus beau satin blanc.... Toutes ces beautés rassemblées ainsi passent plusieurs heures absolument nues...... L'une brode, l'autre jase ; celle-ci prend un caffé, et celle-là un sorbet..... Plusieurs d'entr'elles négligemment couchées sur des sophas, se font tresser les cheveux par de jeunes esclaves de dix-sept à dix-huit ans, presqu'aussi charmantes que leurs maîtresses...... Mais la vue de ce tableau enchanteur est interdit aux hommes.

Le costume des femmes en Turquie éprouve des variations selon les provinces soumises au Croissant : en voici un très-pittoresque.

D'amples chausses forment la première partie de cet habillement :
elles descendent jusqu'aux talons,
et cachent un peu mieux la jambe
que les jupes Européennes. L'étoffe
est d'ordinaire un léger damas,
couleur de rose, broché en argent
à grandes fleurs. Les chaussures de
pied sont brodées en or; la chemise est une fine gaze de soie,
garnie d'un bord pareillement en
broderies : les manches sont larges
et tombent vers le milieu du bras :
comme chez nous, parmi nos élégantes patriciennes, cette chemise
est fermée négligemment sous le
menton avec une épingle, sans cependant rien dérober à l'œil avide
des belles formes et de la blan-
cheur du sein.

Quant au vêtement de dessus, il est composé de trois pièces principales. D'abord c'est une camisole juste à la taille, de damas blanc tramé d'or; le bas a pour bordure une frange d'or : le luxe et la mode veulent que les boutons en soient de perles ou de pierres fines; par-dessus on passe le *caftan*, qui communément est de la même étoffe que les chausses : c'est une soutanelle descendant jusqu'aux talons : il est fermé par une ceinture de trois à quatre pouces de large, qui est une bande de satin brodée richement, quand on ne peut la couvrir de pierreries; mais l'agraffe doit à tout le moins être en diamans : enfin on recouvre ces deux premiers vêtemens d'une troisième

robe : celle-ci est flottante, et ne
tient presqu'à rien, afin de pouvoir l'ôter et la remettre facilement quand on veut. L'étoffe pour
l'ordinaire est un riche brocard
bleu et argeut, ou or et verd,
doublé d'hermine ou de martre,
les manches ne vont qu'un peu au-
dessous dès épaules.

Les femmes se recouvrent la tête
d'une pièce de toile d'argent, rou-
lée sur elle-même en forme de turban, c'est la coëffure d'été. L'hyver elles se chargent d'un superbe
bonnet du plus beau velours, par-
semé de perles ou de diamans en
broderie. Cette coëffure est susceptible d'accessoires. On la fixe d'un
côté de la tête par un cercle d'or,
ou de pierres précieuses. Les Mu-

sulmans n'ont pas la sotte manie
de faire bouffir leur chevelure sous
ce bonnet, ou d'y attacher une forêt de petites boucles, retombant
sur la nuque et les épaules : elles
préfèrent pour ornement une superbe aigrette de plume de héron,
et un bouquet de joyaux dessiné
avec goût, exécuté avec beaucoup
d'art, et enrichi de rubis, de to-
pases, et autres pierreries. Leurs
cheveux descendent tantôt ondulés
avec grace, tantôt tressés dans
toute leur longueur, et entrelacés
de rubans et de perles. Il est assez
commun de compter une centaine
de ces tresses appartenant à la
même tête.

Le sang fait la beauté des Cir-
cassiennes ; il n'est pas d'objet

plus beau dans la nature qu'une jeune fille de la Circassie avec ses grands yeux noirs, une peau fine et transparente, de belles dents, un double autel de marbre blanc sur lequel un frais bouton de rose semble avoir été jetté... qu'on ajoute à cela une taille héroïque et divine, et de longs cheveux d'une teinte, d'une douceur que rien n'égale.

Les esclaves Turques et Grecques qui veulent plaire par tous les moyens, pourroient se dispenser de travailler leurs sourcils de manière à ce qu'ils tracent un double arc parfait; elles ne devroient pas chercher à rendre le noir de leurs yeux d'une nuance forcée au moyen d'une espèce de teinture qui pourtant, il

faut en convenir, produit un bon effet
à quelques pieds de distance , principalement aux bougies ; car de près
et en plein midi l'art n'est pas assez
masqué, et comme a dit notre
Favart.

   L'art est de cacher l'art.

Pourquoi aussi se teindre les
ongles en couleurs de rose? c'est
un soin fort inutile : trop de recherches ne sont pas excusables ,
quand on a tant d'autres moyens
de plaire. Mais il faut pardonner
cette coquetterie au désœuvrement,
à l'ennui, et à ce penchant inné,
et qui ne meurt qu'avec le cœur
féminin. Toute femme a voulu,
veut, et voudra plaire , et croit ne
jamais plaire assez. Quand elle a
des hommages, elle prétend aux

                12 *

adorations , et met tout en œuvre pour entretenir la ferveur des superstitieux qui brûlent de l'encens sur son autel.

On plaint beaucoup la destinée des femmes en Turquie : cependant en les regardant sous une certaine face , elles sont peut-être moins esclaves qu'une anglaise pudique , qu'une allemande chaste, et qu'une française qui se respecte. L'usage est dans l'empire du Croissant , qu'une fille ou qu'une épouse ne puisse franchir le seuil de sa maison , ou sorte du sérail sans être caché sous deux voiles, l'un pardevant , et l'autre par-derrière. Celui de devant dérobe la vue du visage , mais non des yeux : l'autre jetté par-dessus la coeffure retombe sur les épaules jusqu'à la ceinture : outre cela la taille est cachée par une espèce de capote dont les étroites manches s'allongent jusqu'au bout des doigts, de façon que cette mante enveloppe une femme toute entière. L'étoffe de ce vêtement varie selon les saisons ; en été il est de soie unie, et l'hiver c'est du drap.

Sous un tel *Domino* il est difficile de reconnoître ou de deviner les masques ; l'argus le plus clairvoyant peut se méprendre à chaque pas , et prendre l'esclave pour la maîtresse. Ces *qui-pro-quo* sont très fréquents, et tournent toujours au profit de l'amour : on peut d'après cela juger combien ce costume favorise les intrigues galantes, et donnent de li-

12 **

berté aux femmes. Tous ces usages imaginés , par des maris ou des amans jaloux, ne sont profitables qu'à leurs moitiés : et elles en usent avec d'autant plus de sécurité , qu'elles ne craignent pas même la perfidie , l'inconstance , ou la langue indiscrette d'un amoureux favorisé ; car on a vu des beautés adroites recevoir chez elles, pendant un an , des amis de cœur qui ne savoient et ne surent jamais à qu'elles femmes ils eurent à faire.

Chaque Musulman riche a un sérail ou un harem, qui est un appartement de plusieurs pièces destinées à ses femmes. Les fenêtres, qui n'ont vue que sur des jardins, sont un peu basses, et armées de fortes grilles , dans le genre de

celles de nos anciens monastères
de filles. Le parquet est recouvert
d'un tapis de Perse. En guise de
sopha, une des extrémités de cet
appartement est relevée de deux
pieds ; là, on place un siège haut
de six pouces, et matelassé avec
une étoffe de soie plus ou moins
belle ; communément c'est un drap
d'écarlate, garni d'une crépine
d'or. Autour de ce siège, et contre le mur, sont deux grands coussins, ceux du premier beaucoup
plus amples que les autres. Le sopha turc est le meuble le plus com-
mode et le plus somptueux : quand
on s'y est une fois habitué, on a
de la peine à se faire aux canapés,
aux fauteuils, et aux sophas Euro-
péens.

Donnons encore quelque nouveaux détails sur l'intérieur des harems, ou sérails. Ils sont distribués avec intelligence, en plusieurs petites chambres basses : le plafond est en bois de marqueterie, ou orné de fleurs peintes avec les plus fraîches couleurs : chaque chambre a son cabinet, dans lequel on entre par une petite porte brisée. On ménage toujours entre les croisées de petits enfoncemens où l'on place des vases de fleurs ou des cassolettes de parfums.

On y trouve aussi de jolies fontaines de marbre, des jets d'eau, et des cascades qui rafraîchissent l'air, et invitent par leur doux murmure, à un repos aussi paisible que voluptueux. --- Chaque harem a son bain particulier, il consiste en trois petites pièces recouvertes de plomb et pavées de marbre.

Les particuliers riches qui font bâtir, n'oublient jamais d'élever, au milieu de leurs jardins, un *chiosk*, nous en avons déjà dit un mot, mais qui ne suffit pas. C'est une espèce de cabinet assez spacieux, et de forme octogone. Le treillis qui l'entoure est fort serré, et est de bois doré, entrelacé de jasmin, de chèvrefeuille et de vignes : cette chambre de verdure est élevées, et les dehors sont ombragés de grands arbres : c'est là où les femmes tuent le temps, et charment leurs ennuis, en s'occupant de musique, de médisance ou de broderies

Quand une petite sultane, ou dame Turque reçoit la visite d'une autre femme, celle-ci est reçue à la porte de la cour par un eunuque noir qui la conduit avec beaucoup de respect à travers une double palissade de jeunes filles esclaves toutes habillées proprement : après avoir traversé une enfilade de plusieurs appartemens, elle arrive à la divinité de ce temple de la mollesse, quelle trouve assise sur un riche sopha, et revêtue ordinairement d'une soubreveste de martre zibeline. --- Après quelques marques d'amitié, d'affection et de bienveillance, on prend le caffé, le sorbet, quelques confitures, et puis l'on se sépare. On remarquera que dans le sallon de compagnie

des femmes , la place du coin ou
de l'angle de l'appartement est celle
d'honneur.

Quoiqu'on dise proverbialement
*fort comme un Turc* , et quoique
les Turcs, qui viennent en France,
paroissent tous bien nourris, gros
et gras , cependant on se nourrit
mal en Turquie. Il ne paroît jamais
sur la table qu'un plat à la fois,
les sauces sont de haut goût,
fort épicées, et la soupe se sert
toujours au dessert : les ragoûts
sont néanmoins assez variés. Après
le repas on prend le caffé et les
parfums : deux jeunes filles à genoux encensent les habits, le mouchoir et les cheveux du petit sultan; puis on entend un concert,
mêlé de danses , exécutées par des

esclaves qui représentent une entrée de ballet, un luth à la main.

La musique des harems est voluptueuse, va à l'ame, et dispose tous les sens au plaisir : elle approche beaucoup plus de la mélodie Grecque que nos savantes compositions d'Allemagne ou d'Angleterre. Le mode Lydien, si renommé chez les Grecs, est vraisemblablement connu en Turquie, car les concerts des *harèms* y portent aux mêmes effets, et sur-tout à cette douce langueur qui précéde le tendre abandon de l'amour heureux, ou qui va l'être, ou qui l'a déjà été.

Les parfums qu'on brûle d'ordinaire dans les harèms des gens comme il faut, sont l'ambre, l'aloës,

loës, et quelques autres odeurs du même genre.

Ce que nous appellons *cabarets* nous vient des Turcs. Ils servent le caffé dans des porcelaines de l'Indé, dont les sou-coupes sont de vermeil doré.

A la fin d'une visite, au moment de se quitter, on apporte ordinairement des corbeilles d'argent remplies de mouchoirs brodés. Le bon ton est d'en offrir à discrétion et d'en accepter.

Outre ces trois grands sérails en titre, le sultan de Constantinople en compte une infinité d'autres petits qu'on désigne sous le nom de *Conac*, et qu'il trouve sur sa route quand il voyage ; il y entre pour se délasser. On le place toujours

au centre d'un bosquet touffu, et
rafraîchi par une ou plusieurs fontaines d'eau vive. Toutes les murailles sont couvertes de jolis ma-
drigaux turcs, dans le genre de
celui-ci.

*Celui que je possède dans mon
âme n'en sortira jamais, je veux
le conserver jusqu'au dernier souf-
fle.*

Le voisinage des cimetières ne
fait aucun tort aux sérails. D'ailleurs les Turcs sont galans en fait
de sépulture. Le tombeau d'une
jeune fille est remarquable par une
rose sculptée sur une colonne.

Ils ont encore un sentiment à
eux particulier au sujet des femmes qui meurent : « Celles qui
» meurent filles sont censées dam-

» nées à jamais, en ce quelles ont
» transgressé le plus beau des com-
» mandemens de Dieu. »

*Croissez et multipliez.*

Aussi en Turquie, montre-t-on
au doigt une femme qui, après plusieurs années de mariage, est sté-
rile ; mais malheureusement cette
fécondité si recherchée, cette population, dont on paroît faire tant
de cas, ne sert que d'alimens à la
peste, à laquelle on est comme
habituée : on y voit tomber les
hommes comme les feuilles des
arbres en automne, avec la même
indifférence et le même sang-froid.
Les mères se voyent privées de
leurs enfans avec aussi peu de peine qu'elles en ressentent pour les
mettre au monde ; car les accou-

13 *

chemens laborieux sont très-rares parmi les Musulmans.

Quel beau pays que la Turquie, s'il y avoit une meilleure police et un peu moins de despotisme ! mais le paradis de Mahomet n'est pas celui des femmes. Sans y être plus heureuses elles-mêmes, elles ne font pas le bonheur des hommes. La meilleure preuve de cette triste vérité, est dans l'usage de l'*opium*, plus fréquent chez les Turcs que parmi tout autre peuple.

Fin du Tome Premier.